蝴蝶
Seba

蝴蝶
Seba

蝴蝶館 44

芙渠

Seba 蝴蝶 ◎ 著

elegantbooks

她終於勒緊驚馬時，覺得頭昏腦脹，已經完全找不到北了。

沒摔下來真是千幸萬幸、額手稱慶……要不是爹要她好好學點武藝強身，她騎不住。但若不是她沒聽爹的話，把騎術練好一點……就不至於這樣狼狽。

說來說去，就像爹說的一樣，「爹說的永遠是對的。你們聽也得聽，不聽也得聽。唯一可以不聽的，只有娘親。但娘親是我的問題，你們就不用管了。」

聽了一輩子，現在不得不承認爹是對的。

現在呢，我是在哪兒呢？

她確定自己在黃山的某處。但黃山是很大很大的啊……真不該答應二伯母陪她出來進香。小堂弟生病，又不是進個香就會好的。

知識就是力量啊。她感嘆。娘說得一點都沒錯……

正感嘆之際，卻看到不遠處有溪水潺潺，她策馬入林，卻疑似目睹謫仙落入凡塵。

那是一個非常美的男人。墨黑的眉宛如刀裁，非常英武，眼睛秀媚卻帶殺氣，五官組合得完美、恰當，端凝秀麗，卻又英武非凡。

端凝秀麗是容顏，英武非凡是氣質。

她的爹也算氣質上佳的人。但她爹溫潤如玉，這人卻像是打造得極優美鋒利的寶劍，未出鞘已寒氣逼人。

但他態度閒然，讓她心生親切感。或許跟她爹有那麼點像……外觀上。都是淡然毫不縈懷的態度。不過她娘說，這叫悶騷，越撐這種架子，裡頭越柔軟，遇到對的人，就燒得亂七八糟、慘絕人寰……

那人看了過來，目光平和卻犀利，像是劍光一閃。

她遲疑了一會兒，將馬綁在離水不遠的地方，等馬喘息已定再喝水。趁機走過去看。不是她惑於容貌，她早讓娘教得不去看人的容貌，要看內在美。再說她生來淡然，也不怎麼注重容貌……或許她崇拜爹爹，也希望將來的良人是這樣外表平凡、內蘊佳質的君子。

只是她發現那人狀似悠閒的坐在溪中大石，白衣飄然，溪水卻蜿蜒著豔紅。

他受傷了。

福了一福，「公子，這廂有禮。」她帶著稚氣說。那人只望了她一眼，又收回目光。

謹慎的等了一會兒，那人還是沒動。雖然白袍遮掩著，她也看出不對。

她的爹娘都是身體孱弱的人，她和哥哥很小就開始跟家中大夫學醫，她學得還好些，可以說是興趣所在。一眼就看出那位公子的關節被卸，應該是大穴也被封住，坐在那兒動彈不得。

被這樣擱著等死，死囚都不至於如此的。

她敏捷的跳過幾個石頭，又對那公子一揖，「公子，我是王家二姐兒，不知道尊姓大名？」

他終於把目光放在她身上，「……女孩兒家可以對人通報閨名麼？」聲音非常清冷，卻悅耳。

可惜她有個直抵天籟的天才爹，這聲音只算中上罷了。

「不能。」她嚴肅的說，「所以我給的是通名。人人可叫的排行。但我娘說，來將需通報。」

他眉眼微動，竟有絲毫笑意，「妳是來將？」

「等我幫您接好關節，你會痛得覺得我是來將了。」遲疑了一會兒，雖然娘說不行，但每次她若笑了，哭得再厲害的小堂弟都會停住哭，呆呆的看她。

所以她笑了。

只見她平凡的面目立刻煥發出甜美之至的氣息，像是緩緩開放的芙蓉，散發著清新與粲然。

令人神魂為之所奪。連他都有瞬間失神。

她趁機跳上那公子的大石上，敏捷的接上他的雙手關節，察看臂上傷口，止血敷藥。手法俐落，雖然還有點生嫩，但她這點年紀已經非常了不起。

「我知道你很痛。」她露出同情的眼神，「但我手上沒有安神藥……我叫你白公子吧？因為你穿白衣。我不會解穴……你能自解嗎？」

凝視了她一會兒，「幾個時辰後就能解了。」他淡淡的說。

她小小的臉龐觀察他的神色，「白公子，你很久沒喝水了吧？大概也沒吃東西……等我啊。」

她像是一隻敏捷的小貓兒，跳過溪上的石頭，牽了馬去水邊喝水，又從鞍袋取出糕餅和水囊，又跳回白公子身邊，將水囊湊到他嘴邊。

深深看她一眼，他仰首喝了，姿勢非常優雅。

真的是年紀太小嗎？居然一點動容都沒有。他心底不禁有些好笑。怎麼？平常讓那些女人煩不夠，煩到有此災……居然還會為了一個小姑娘的天真覺得……有點不是滋味。

了回去。她沒跟人說過，雖然爹娘對他們都很溺愛，但她也知道女孩子家這樣不太好。

但怎樣不好，其實她還太小，並不清楚。

至於白公子居然真的找來，實在是始料未及。

甚至連白公子本身，都非常納悶。一個時辰後，他終於衝開了穴道，運功一會兒，血脈已然暢通。

若照他的脾氣，應該去殺了那個將他整成這樣的女人。但他卻沒這麼做。而是默默追蹤著芙渠的痕跡，悄悄的護衛她，直到家人尋來。

也算了結了。

但他懷裡還有根木釵，被他的體溫溫熱著。

小姑娘有恩於他，他白仲謀有恩必報。但王大學士的女兒有什麼要他報恩的？她一生富貴榮華，跟他這江湖浪子有什麼關係呢？

但每過一日，他越煩躁起來。其實有很多事情等他去辦，很多很多。但他總覺得愴然若失，少了什麼似的。甚至常常拿起那根木釵看著。

或許為了那笑容吧，像是可以照亮所有陰暗的笑容。

才十三歲的孩子啊，白仲謀，你在想什麼？得耐心等多久啊……這樣一朵嬌嫩的芙蓉，要怎麼熬江湖的刀光劍影？

但他還是出現在江蘇州城，悄悄的潛入王家，也看到了在燈下讀醫書的芙渠，旁若無人的打著呵欠，眼角帶著淚花。

她的丫頭進來，只看得到側臉，笑靨如此燦爛如星。

既然決定了，就不更改了。他回看一眼，這株就是他要的芙蓉。終有天，她會把手放在自己的掌心，允許他摘下。

對這他倒是充滿信心的。

認識王琳的人，都說王家二姑娘像是每日都是晴天似的。

她也覺得人生無甚風雨，或許是因為生活在一個很幸福的家庭。雖然她嘆，這樣的榜樣真是令人感到吃力。

「我爹當然不負，他還怕我娘跑呢。」她瞅著仲謀，「白公子，你何以打聽我家？」

「我總要知道我的小恩人的名字。」他從容不迫的說。

琳兒的眼中出現好奇，「白公子，你是江湖中人吧？但你真的不用介意，不過舉手之勞。」

「正因為是江湖中人，才特別需要點滴之恩當湧泉以報。」他淡淡的說。

她輕笑著搖頭，「但我沒什麼需要你報答的地方。」

「最少每年來陪妳說說話。」他垂下眼簾，更顯清俊，「我知道妳每年三月十六都會來這兒夜宿。」

她微皺著眉，看著眼前俊朗的佳公子。江湖人真是奇怪，一點小事，這樣較真。不過看起來真是賞心悅目，言語有趣。

「白某並無別意。」他語氣放柔。

她笑了，「白哥哥，你這樣好看……我並不怕你的。」琳兒搔了搔頭，「我的意思是說，你不會對我有別意，我知道的。」

他垂下眼簾，隱住絲微笑意。

說是孩子，卻又犀利過人。說是少女，卻還一派天真。一面跟她說著江湖趣聞，一面想著。王大學士真把她嬌養著……甚至比同齡的孩子還天真許多。

緊緊捲著的蓓蕾，春風無所度。難道能硬掰開，傷害嬌嫩的花瓣嗎？不成的。

這樣嬌嫩的孩子，卻說她要當大夫，異常憧憬的說起李芍臣，眼中燦著星光，嘴角噙笑，溫柔得如月光之酒。

若只是表象，該多好。但越認識越擱不下……

月已中天。

慶賀大劫餘生，公子的手沒抖。

只有倒楣到家的貼身護衛鄭烈，板著臉，事實上欲哭無淚的跟在公子後面。公子優雅的一展袍裾，撫琴調弦。山嵐縹緲，青松白衣，宛如畫中人的無情公子，輕揉慢捻抹復挑，潺潺而出溫柔婉約的〈鳳求凰〉。

鄭烈面容肅然，心底卻被烏鴉給的大八卦給打矇，加上公子無事就長吁短嘆，這〈鳳求凰〉雖好聽，他也聽到耳朵要長繭……

真的嗎？是哪家姑娘前世不修，誤燒佛塔，被他們這魔頭公子看上了?!烏鴉死都不講，只是賊忒兮兮的笑，很是幸災樂禍……看起來他們無所不能、心狠手辣、無堅不摧、打遍天下無敵手接近神明的公子大約也得在情上不甚順遂……

即使極力克制，鄭烈的嘴角，也微微噙著幸災樂禍，暢快無比。還有什麼比看這魔頭主子吃癟更舒心快意呢……？

「鄭烈。」公子淡淡的說，「烏鴉讓我卸了膝蓋兩個時辰。」

他微不可察的抖了抖。膝蓋是要害之一，他當然很嫻熟用膝蓋作文章好逼供……但並沒有興趣自己試試看。

事實上，白公子的小擒拿手精妙無比，被卸了關節後接上立刻可以行動自如。但痛楚可是極度放大……據說比生孩子還痛。

鄭烈為什麼知道呢？因為他來的第一天就讓白公子卸過了。他還算好的了，沒出醜。聽說他剛當上武林盟主時有屬下不服，他瞬間卸了那人四肢，扔在盟壇大門口，痛得眼淚鼻涕、黃白之物都出了……

公子斜睇他，即使同為男人也感到心跳，端的嫵媚。他卻肅容將頭一低，「公子處置極當！」

他幽幽嘆口氣，「沒人才啊。不然該卸他一輩子。鄭烈，你想去替烏鴉呢？還是隨侍在側？」

八卦雖好，性命重要。鄭烈義薄雲天，正氣凜然的說，「屬下願為公子效死！」

林盟主，把他最好的殺手派來給她看門戶，暗中保護。

她正愁容滿面，發著呆。面前攤著醫書，卻一頁也沒翻。

直到微涼的夜風吹進來，她才轉頭，大吃一驚。白公子坐在窗台上，卻像是坐著寬大的椅子，閒適的疊膝而坐，淺笑低眉，髮帶在夜風中飄盪著。

「……白哥哥？」她大吃一驚，上前拉他的袖子，「你怎麼來了？不是說明年麼？」

他溫柔的看著琳兒小小的臉，「覺得，等不到那時了。」

「一年很快就過……」她扯著仲謀的袖子，「噓……小聲些，快進來。讓人瞧見不得了……當賊看呢。」

仲謀順從的跳下來，她左右看看，把窗關了。瞋著他，「為什麼不白天從大門進來呢？」

他失笑，「妳父親會讓我請見妳嗎？」

琳兒噗嗤一聲，「我爹說不定肯，但我大伯、二伯會叫人拿大棍子打出去。」

「我雖然不怕大棍子，也不想讓妳大伯、二伯生氣。」仲謀攤攤手，「但芙渠，我很想見妳。」

「我有什麼好見的？」琳兒輕笑，如雲破天開，潔淨月輪，「路上一抓一大把，像我娘說的，還認不得誰是誰，普通得多堅持……」

「妳娘，不該這樣說妳。」他想伸手撫摸她柔黑的長髮……卻讓她扯著袖子，按在桌前凳上。

「我娘說長得平常才好，不惹禍。」她想了想，「別笑就不會惹事。白哥哥，你坐一下別出聲，我去看看小喜睡了沒……」

她躡手躡腳的走去看她睡在隔壁的丫頭，仲謀氣定神閒的坐著，那丫頭讓烏鴉點了睡穴，天沒亮是不會醒的。

轉頭饒有趣味的打量她的房間。那次匆匆一見，只注意到她，別的都不入眼底。

我就不去戳你了，琳兒都可以當你的曾孫女，你真知道死怎麼寫嗎……？

「反正教會再和離就好。但師父狠狠地罵我了一頓，說我再亂講就要逐我出門牆！我不就想學針灸嗎？幹嘛這樣……」

……好吧。錢通你不用死了。算你識時務。

「妳會下針？」仲謀恢復優雅閒靜的從容。

「會。」琳兒鬱鬱的點頭，「其實手臂和臉的穴道我都試過針了。但其他的，師父怎麼都不教我……」

他，白仲謀，居然會心跳加速。「那麼，我教妳認穴吧。」

她小小的嘴微張，薄薄的嘴脣像是櫻花瓣兒。「白哥哥，你要跟我成親然後和離嗎？」

「……為什麼一定要和離呢？」他垂下眼簾，「我不能當芙渠的夫君？」

「白哥哥，你說得好笑。」琳兒展顏，令人頭暈目眩，「你長得這麼好看，要怎樣的娘子沒有？為什麼要當我的夫君？」

他輕輕咬著脣，聰明智慧總耍著人玩的無情公子，居然也會頭疼。她願成親，是因為要認穴，認完就要和離。

她根本不知道成親是什麼。

哪能這樣。

「這樣吧……」他退了一步，「我教妳認穴，但妳不用跟我成親。」

「欸？可以嗎？」琳兒驚訝，「可是師父說，只有夫君才可以教我……」

他豎起纖白的食指，按在誘人的脣上，低語著，「我不告訴人，妳也別告訴人。誰也不知道，好不好？」

「好主意！」她合掌，笑得一整個燦爛輝煌，「白哥哥，謝謝！」

他的心跳，有些不規律。是怎樣的笑啊……簡直像是讓整個昏暗的屋子都亮起來。

卸一次膝蓋，更不希望公子把目光往臆骨或頸骨不斷打量……

突然覺得暮春非常肅殺，比深秋還冷很多。

一無所覺的琳兒正專心的按在仲謀的背上，「是這兒麼？」

「不是。」仲謀的聲音溫柔得掐得出水，「往下半寸……再左邊點……停。就是那兒。」微微的痛楚，夾雜著幾乎按耐不住的情火，竟是非常奇妙的滋味。他只覺得丹田燥熱，滾著熔漿，非極力克制，不然恐怕會走火入魔。

幸好沒讓她碰腹部，不然非出糗不可。

真是甜蜜又擾人的折磨啊。以為背比胸口還容易熬受，但他忘了背的面積大多了，穴道當然更多……她的手小，柔潤如脂，溫度比常人略低點，有種溫涼感。觸及他，卻像是在點火一般。

很想叫她住手，但又捨不得她住手。

「白哥哥，」她溫暖的氣息離他的背很近，心底一陣強烈的騷動，「很痛麼？我想還是別試針了……我標個記號就好。你忍著點，我畫一下……」

「沒關係。」他的聲音溫潤，聽不出任何負面情緒，「妳下針。但要果決點，別遲疑。」

等認完穴道，琳兒畫完以後，去了針，他心頭略鬆……卻又繃緊。

他嬌嫩的芙蓉花，正用溫水擦拭著他的背。一面擦拭，一面推著下針生澀產生的瘀血。

咱們這個武林第一高手，讓人卸了四肢所有關節，依舊噙著冷峻淡然淺笑的無情公子，居然輕輕顫抖，溢出一聲極輕的呻吟。

聽在烏鴉耳中，不啻一聲九天響雷。就算他是男人，也有點腿軟……但想到後果之嚴重可怕，他立馬離開窗邊一丈之遙。

「很痛麼？」在他背後的琳兒張大眼睛，看不到他的表情，「對不住，白哥哥……是我不好……」

「……妳很好。」仲謀的聲音有那麼點察覺不出的緊繃，「別停。」

當個正人君子需要如山的定力。而且大約得有泰山的分量才行。他模模但琳兒卻把眉豎了起來，聲音嚴厲，「白哥哥！你不能牽我的手！」

僵了一下，他緩緩的鬆開，琳兒氣呼呼的教訓他，像是一隻被惹怒的小貓，「白哥哥，你太不對了！女孩子的手是不可以隨便牽的！幸好是我呢，萬一是別人，就得嫁給你了！我知道江湖豪俠不拘小節，但你不拘，別人得拘啊！被你牽過手的女子，不嫁你將來就會被指指點點，你說多可憐？以後再不可如此……」

他扶了扶額，勉強振作了點，「嫂溺援以手，權也。」

「但我又沒掉進水裡……」她還是氣呼呼的。

「我快了。」他晃了兩晃，直挺挺的倒下。

「白哥哥！」琳兒大驚失色，見他兩腮豔如霞紅，不禁慌了起來，「剛我試針出差錯麼？」她把了脈，卻覺得經脈衝撞，像是練功走火入魔的樣子。

「糟了！跟真氣有關的我不太會啊！」她急得眼出淚花，「白哥哥，你忍耐點，我去請師父……」

仲謀本來就是自封經脈，弄出個生病的樣子。萬一讓錢通來……那傢伙若沒點眼色，惹怒他，在芙渠面前殺她師父……這輩子不用想她肯對他笑了。

他趕緊扯住琳兒的袖子——現在不敢去牽她的手了，「沒事兒，老毛病。略為暈眩罷了……妳在我頭上按按就好……」

他隨口一說，琳兒卻跪坐在地上，讓仲謀躺著她的大腿，輕輕在他頭皮上循著穴道按摩。

天堂地獄，不過如此。原來這兩個間隔得這麼近，簡直是一家了。

喜歡一個人，到底有沒有極限？

一輩子被追到煩不勝煩的白公子仲謀有些茫然。而他的茫然讓他很順手的拍了一下烏鴉，「慈悲」的沒卸他關節、示範何謂剮，只讓他挨了記不輕不重的內傷。

同樣都是人，五官也差不離。看到他的那票屬下，他只想動手整整他有似無的柔軟芬芳……

他低吟著歐陽修的〈望江南〉，「江南柳，葉小未成陰，人為絲輕那忍折，鶯嫌枝嫩不勝吟，留取待春深。十四五，閒抱琵琶尋。堂上簸錢堂下走，恁時相見已留心。何況到如今。」

春日太長，而良宵苦短。鬱結無以消除，他抽出腰間玉簫，反覆吟奏。

相見已留心，何況到如今。十四五，十四五。還得要捱那麼一、兩年……

暮春之風吹拂鬱美難言的佳公子，在水一方。連肅容的鄭烈都不得不喟嘆，老天爺不長眼啊，咋這麼好俊相貌、極佳美質會長在一個魔頭身上。

更不好的是，這魔頭還春心蕩漾，情竇初開了。

但他不敢去打聽哪家小姐……雖然心知肚明也得佯作不知。給烏鴉送藥時，那一整個慘啊……五年的內功無影無蹤，聽說只是讓公子拍了一下。

他底子薄，挨不住公子拍幾下。

這個，那位小姐。不是我鄭烈的良心被狗吃了，實在我萬分同情。只能怪妳心腸太好……誰都救得，妳怎麼就救了這魔頭，沒順應天理滅了他，招了報應。

命啊，這就是命啊。

當然，養在王家深門大院的琳兒一點點都不知道。藏在床底下供認穴道的木偶兒讓她開心不已，對白哥哥的景仰和感謝真是深如瀚海。

她咬著筆桿，正在畫謝禮。

琴棋書畫，她獨對畫有興趣。她爹瞧她頗有天分，點撥過她。她爹是全能天才型的才子，教出來的女兒當然不同凡響，琳兒的筆墨不曾外流，但頗肖她爹七八分。

晚上仲謀來指點她穴道的時候，她笑靨如楊花三月，遞給白哥哥。

那是一幅桃花書生圖。一樹桃花極豔，寬袍大袖的書生仰頭看花。唯桃……大舅子，我錯怪你了。對不住，你不用死了……只是你有這樣的妹妹也真的是……辛苦了。打算娶她的我……也、也不知道該怎麼辦才好……

這樣無邪的芙渠，卻送他這樣一幅畫。饒是他心機百出，玲瓏連環，也琢磨不出她真正的意思。

「這是……」他開口問了。

「謝禮呀。」她福了福，「白哥哥，你這些天辛苦的教我認穴，你要報的恩早超過了。我沒什麼好回報的，只好畫幅畫給你。那天你站在桃樹下，真是好看，我常想起來。所以我就畫了，你覺得好不好？」

他沉默了一會兒，心底滿滿的都是感動。「好，好極。」他語氣柔和，「只是，我徒具皮囊，哪有什麼好的？真正美的……是妳。」深情款款的望著琳兒。

琳兒輕嘆一口氣，「是吧。我笑起來很好看，對嗎？我也知道。」她大方的承認，語氣卻有點失落，「但我笑得沒我爹好看，那才是讓人看呆……而我，」她的失落更深，「我長得很平凡，又不可能時時刻刻笑著。大家只喜歡笑著的我，不笑的時候……」

她終究還是個小女孩，天生愛美。鏡中容貌不如人意，還是會失落的。

……怎麼不笑比笑還讓人發呆，心都揪疼揪疼的……

他衝口而出，「芙渠就算不笑，在我眼底也是同樣好看。」

頭一回，他看到芙渠臉紅。一點一點的，從頰骨擴散，像是羞怯的芙蓉花苞，試著初展花瓣。

她很不好意思的說，「白哥哥真會哄人。」握著臉，她展顏一笑，「但聽著真是高興。」

仲謀有片刻失神，覺得身心為之洗滌，一整個聖潔起來。

但該教的都教完了，長達半個月的相會，即將要落幕了。將來該找什麼理由來呢……換他湧起濃重的失落。

亮……」

在屋頂守著的烏鴉抖了一下。敢欺負公子的人，墳頭的草都比他高了……只有他欺負人的分，誰敢欺負他……他居然還敢「嗯」。

寡廉鮮恥，莫甚如此。

王家二小姐，妳節哀吧。將來不要說我見死不救……是沒得救啊。大不了將來妳成了盟主夫人，我替妳效死就是了……死在妳手底，也比死在公子手底爽快。

只是他被折騰得所剩不多的良心還是微微顫了顫。

既然有了堂堂正正的理由，日裡教琴，夜裡傳笛，白公子仲謀非常專注於自己的蠶食鯨吞大業。

他早就算計好了，對於人心，他很本能的看透。所謂日久生情，所謂近水樓台先得月。這樣堅持的每日相見，日夜相守，就是讓她習慣自己的存在。

他不得不跟那票老頭玩兒什麼論劍時，也能將危機化為轉機，讓她開始思念。有思念，就有機會催化她未度春風的少女情思。

他自覺智珠在握，萬無一失。但芙渠的態度讓他有些困惑。

白天學琴，她還親密些，即使他把手指點，也落落大方，並不畏避。但晚上教她吹笛，她卻顯得疏遠，是絕不讓他近了。

……難道是外貌問題？排除一切可能性，他很震驚。雖然他並不覺得長得好有什麼了不起，但畢竟他也坦然的享受了那種驚豔癡迷的眼神。就因為有這樣好相貌，他向來所向披靡，無堅不摧……

芙渠居然只願接近年老琴師，卻不願意接近他！

他繞著彎子很技巧的詢問，琳兒羞然一笑，如春花半綻，「白天我覺得白哥哥那樣子親切，晚上就覺得……白哥哥長得太好了。」

「……長得好有什麼錯呢？」他澀然問道。

「沒錯處呀，父母生成，有什麼辦法？」她細細思索了一會兒，「但我想過，若有天成親……絕對不要嫁給比我長得好看的人。不然每看一次就難受一次……婦容是四德之一，比不過自己夫君，多沒面子呀。」

輕飄飄幾句話，卻像是雷當頭砸在他頭上，讓白公子瞬間失去了安閒的姿態。世人皆盛讚的容貌……在她眼中居然是不要的！

有什麼藥可以讓面目平凡？莫非要讓他日日易容麼……那得慢慢來，讓她適應……

「白哥哥，你臉色怎麼這麼難看？」琳兒大驚，「啊，對不住……我不是那個意思……我不是說白哥哥不好，白哥哥很好的！是欺負你的人不對，怎麼可以因為外貌……你別生氣啊。只是看你這麼漂亮，我有點……只有一點點啦，覺得自慚形穢。不是你不好喔，我最喜歡白哥哥了……你長怎樣都是喜歡的。」

他的心跳反而翻高了三翻。芙渠……說喜歡他呢。雖然知道她的「喜歡」跟喜歡一株花、一隻小貓、小狗沒什麼兩樣，他還是很鴕鳥的誤解。

「我也最喜歡芙渠。」他終於能開口，聲音真是特別低沉有魅力。

她眼底的同情卻更深，「……白哥哥，你一定被欺負得很慘很慘吧？沒關係，我永遠都是你的好朋友，會一直這麼喜歡你……我們已經約好不嫁的不是嗎？」

他馬上從天堂的高度跌到十八層地獄。

他沒想到芙渠的少女心這麼堅固，別說春風，八風吹不動。

「……嗯。」他無精打采的苦笑。看起來毀容也免了……這個朋友的寶座坐下去，幾時可以換位置……

「白哥哥不要生氣，」琳兒哄著他，「我吹笛子給你聽。」

她吹了一首〈杏園春〉，非常可愛俏皮，很合她的個性。她琴學不好，其實是曲調問題。那些艱澀的曲子她彈得昏昏欲睡，古琴原本就端肅。她個性開朗活潑，對音樂有很偏執的鑑賞力，讓她對清亮的笛子一見就喜歡。

或許繼承了她爹的音樂天賦，這首仲謀親作的〈杏園春〉，讓她吹奏得非常清亮快活，像是無數小雀兒交鳴。

他眼神柔和下來。深宅大院的小姐哪找其他人熟識？他就不信滴水不能穿石……目前，芙渠最喜歡的，還是他。

她吹奏完畢，笑得兩只眼睛成了兩彎月牙兒，簡直光芒萬丈，令人不可逼視。

「芙渠，」他湊近琳兒的耳邊，「絕對不嫁別人，好不？」

「我也沒想嫁人呀。」看他眉眼還有些鬱鬱，她的同情心又冒上來。娘跟她說過，爹會那麼愛她，是因為她來到爹的身邊時，爹什麼都沒有。人若是擁有的很少，就會分外珍惜，更不能忍耐失去。

那時她在白哥哥身上試針時，看到好多傷痕。雖然癒合的很好，但還是讓她顫了顫。白哥哥說過，他是家裡最小的，練武的時候，哥哥姊姊是不會讓他的……又常說容貌好只是麻煩多。

想來是被欺負得很淒慘，連朋友都沒有。他也說，只有芙渠這個朋友。

真是非常非常可憐。難怪初見時，他那麼冷漠、拒人於千里之外。他又這麼文弱，在江湖上一定是被欺負的。一定都是沒人待他好，她的同情心更氾濫了。

她柔聲說，「白哥哥，我答應過你，不嫁人的。我說過的話都記得呢，你放心。就算你娶了娘子，我也會是你的好朋友……你有什麼話都能對我講。」

白公子仲謀愕然，非常聰明的大腦瞬間當機。

瞧他似乎沒有釋懷，琳兒搔了搔頭。每次娘生病難過的時候，爹都唱歌逗娘……她開口，唱了一曲〈蝶戀花〉。

「庭院深深深幾許。楊柳堆煙，簾幕無重數。玉勒雕鞍遊冶處。樓高不見章臺路。

雨橫風狂三月暮。門掩黃昏，無計留春住。淚眼問花花不語。亂紅飛過鞦韆去……」

他開口，語氣淡然，「殺了。」

鄭烈抬頭，極其愕然，「但那是秦太傅家的……」公子的眼光一移向他，他立刻改口，「秦太傅家上下一百五十三口，公子說句話兒，說殺誰就殺誰！」

「全殺了！」仲謀出聲怒吼，讓下刀子的等級，追加到太陽打西邊出來那麼希罕。

秦太傅啊！那是皇帝的臂膀啊！終極權臣啊！但他只能繃緊頭皮，大大的喊了聲，「是！屬下馬上去辦！」

他才轉身，公子就說，「站住。」語氣又恢復了清冷，「待我想想。」

一室俱靜，連掉根針都能聽見。

能讓白公子這麼失常的發作，起因就是秦太傅太不長眼。

秦太傅是數一數二的權臣，唯一能跟他比聖眷的，只有在民間的王大學士王柏隱。雖是虛銜，每年皇上還是要召他進京，詢問民情。甚至聖眷澤被王夫人，同時面聖。（生過孩子後，琳琅已被封為夫人。）

但王大學士和秦太傅卻有些不鹹不淡，不怎麼買帳。秦太傅深忌之，見王家千金已經十三，就想用兒女親家搭個關係，把王大學士這條線掌握住。

雖然王大學士婉拒，但秦太傅卻小動作不斷，甚至揚言要請皇上指婚。

這就是咱們白公子為什麼會失控的發雷霆之怒的緣故。

匹夫一怒，血濺五步。天子一怒，血流漂杵。

白公子一怒呢？

他神情已經恢復正常的淡雅，正在翻看秦家公子的資料。未娶妻就收了三房？他噙著一個殘酷的冷笑，這種貨色也敢求我的寶貝芙蓉兒！

「宮了他。」他冷冷的說。

鄭烈沒問怎麼「宮」，他還算急智，萬一公子要在他身上試驗，他只好自殺求免了……「是！」

剛轉身，公子卻又喊住，「等等。」

聞密報，衝進來看到了，差點當場氣死，馬上去秦家鬧了個天翻地覆，還嚷著要鬧到君前求個交代。

秦太傅張目結舌，糊裡糊塗，不知何以禍從天降。好端端在家睡覺的兒子會跑去別人家閨女的閨房，但人贓俱獲（？），他只好啞巴吞黃連的聘了李家小姐。跟王大學士的親事只能灰溜溜的吹了。

當那個極剽悍的兒媳吼他兒子，他那沒出息的兒子居然就愛這樣剽悍的老婆時……他總鬱悶的想，這是怎麼回事……？

卻永遠不知道，這只是因為公子一怒的緣故。

* * *

大家都覺得，琳兒是個孩子。

的確，她比一般同齡女孩個子小些，外貌雖然平凡，但總是嬌憨的神情，笑起來更是燦爛無邪，即使一般的女孩十三、四就有人說親，但總不會是琳兒，總覺得她還小。

但只有她自己知道，正因為大家都認為她是個孩子，所以見了很多大人見不到的陰暗。她繼承了母親的開朗豁達，但也繼承了父親的心細如髮。

她六歲時，和哥哥一起拜大夫為師。實在是父母身體孱弱，對健康特別注意。家裡也開了個藥舖子，又有大夫願教，就當成一個特別的興趣讓他們學醫了。

漸漸大了，哥哥把爹當成終生目標，人生都規劃得嚴整，畢竟他是王家長子，有應盡的責任。但她還是孩子天性，正著迷於醫術。幾種普通的藥材搭配君輔，既可治病療傷，也可能致人於死。千變萬化，更須了解並且細思藥性相生相剋，相輔相伐，對她來說是個玩不膩的遊戲。

大夫每五天來教他們一次，哥哥聰明，學得快，但態度就比較敷衍，她學得沒那麼快，但堅持，能敏銳的體察藥性的複雜，很早就學會把脈開方，更因為爹的傷腿，對骨科極度注意。

如她爹那樣的男子世間絕無僅有，而她又不能嫁給哥哥……想到這就好笑，她跟哥哥從小親厚異常，同行同止，到七歲要分院而居，他們還不願意，直到被告知兄妹不能成婚，她還只是大吃一驚，哥哥可是哭了一整夜，第二天眼睛都是腫的。

哥哥一直都傻得這麼可愛。今年元宵後，哥哥去安徽學院唸書，執著她的手，自許是好男兒的哥哥，紅了眼眶，哽咽難言，最後抱著她哭個不停。

她笑著送哥哥上馬車，直到夜深人靜，才敢掉眼淚。打小一起長這麼大，從沒一天分開過。她如幻夢般美麗的家庭，少了一個哥哥，似乎也不那麼美滿了。

但哥哥有他的理想抱負，男兒志在四方。她也有她的憧憬，總有天是要離開家的。現在就不捨，將來怎麼辦……

所以她要笑著送哥哥走，因為哥哥最喜歡她的笑容了。

她少女早生的憂鬱，都掩蓋在她的好脾氣和嬌憨外表下，誰也沒發現，只有娘嘆氣的喊她去談過。她也沒說什麼，只是趴在娘的膝蓋上，感受娘身上淡淡的茉莉香。

「家這回事呢，」她娘輕輕的撫她的頭髮，「不是天天聚在一起才叫做家人。而是走到天涯海角，心都在一起，那才叫做家人。不然只是有血緣的陌生人罷了。」

「娘，妳是因為爹都在妳身邊。」她不想在體弱的娘心底壓上什麼陰影，笑著岔開。

「可不是？」她娘淡淡的笑，「女兒啊，人有善緣也有孽緣啊……」

她被逗笑了。因為她娘講過這段笑話兒，聽說叫相聲，招得她和哥哥笑痛腸子。

善緣孽緣，都是綿延不盡的緣分。瞧，哥哥才走沒多久，就有個常來找她玩兒的白哥哥，補上了她的失落。

不知道白哥哥到了華山沒有？她望著窗外，仲夏了，華山應該沒那麼熱吧？白哥哥這麼文弱怎麼還跟人去論什麼劍呢？希望他不要受傷啊……

白公子當然沒受傷……只是有點抑鬱蒼白，獨坐幽篁，仰首望月。夏風吹拂著他的衣袍，獵獵似欲隨風而去。手持一株白荷，沉吟不語。

美得像首詩。眾多俠女（當中還有些俠客）癡癡遠遠的望著他，有九成想化為他手底的白荷，剩下的一成特別指定要化為他捻著的蓮梗子。

瞧他這樣憂鬱低沉，眾多愛慕者巴不得替他解決那些不長眼，硬要跟他分個高下的老頭兒們。

愛慕者都是盲目的。白公子哪需要人動手……半個月來，他已經打敗了六個名門正派的掌門，四個邪教組織的首領，還有數不清的蝦兵蟹將……連萬劍山莊莊主，白老爺子白霸圖，都讓他打了個狗啃泥，氣得白老爺子大罵他「不肖子」。

是的，白老爺子白霸圖，正是武林盟主無情公子白仲謀的親生老爹。但白公子還是一臉鬱鬱朝他爹身上踩過去——你沒看錯，就是踩過老爹的背，像是那是跟場地相同的青石板——揚長而去。

名門正派開始認真考慮是不是該把「斬魔護道」的大旗祭到武林盟主身上去，邪教組織非常羞愧，開始檢討自己是否名不符實。

鄭烈等屬下卻偷偷揩了揩汗，暗自慶幸。公子這次華山論劍雖然重傷率節節高升，但死亡率大大減低了——總共就死兩個。一個是傷重還被白公子說了兩句活活氣死的，另一個是乾脆的自刎——說起來也算氣死的。

其實他也沒說什麼，只是勢在必死的那一劍……白公子突然收了劍，興味索然的說，「荷花開得太好。既然如此，就饒你一條狗命吧。」懶洋洋的揮了揮手，施施然的走開。

其他人能忍辱偷生，這兩位老先生太暴躁，怎麼就氣死的氣死，自刎的自刎……說起來不算盟裡的錯，不算不算……他們家來報仇的時候，底氣不壯，也不會太慘烈，更不會邀太多人。

沒出現烏鴉的嚴重警告，萬幸萬幸。

除了公子踩了他家老爹顯得比較嚴重以外，其他都是尋常狀況。不過就是想讓公子不能參加底下的賽程而已。下下毒啦，放暗器啦，死士啦……沒什麼新花招。處理得來……他們還比較同情那些漏網之魚，真撲到公子面前的刺客。

一整個慘……人要臉、樹要皮。咋公子就能把人扒光捆起來倒吊在會劍場旁的迎客松呢？還穿了琵琶骨……刺客穿了琵琶骨還想活嗎？更何況這樣眾目睽睽下的羞辱……

公子居然還喟嘆，說，「果然知道何謂情，心慈手軟了……」

你真有臉說啊！

正慶幸還剩下半個月就熬過這可怕的論劍期，沒想到還是出了件大事，跟赫赫有名的刺客組織御風樓結下大仇。

說起來，公子就不該做得那麼狠。刺客一劍殺了沒事，他把人吊去羞辱就算了，穿了琵琶骨也罷了，怎麼好把刺客的來處也寫成白長幅跟著一起飄飄盪盪……

掛了三個御風樓的刺客以後，人家這不就不幹了？

於是在月圓剛過的某日，他們盟裡一個端茶的小廝奔進來，哭著對公子頻頻磕頭。鄭烈心頭咯登一聲，壞了。

公子瞥了他一眼，「你的誰？」

「……我妹妹。」他嚎啕大哭，「公子啊，我就這麼一個妹妹……但要我對公子下毒，我萬萬不敢啊……」

「做得很好。」公子點頭，跟鄭烈說，「去把密察使叫來。問盟裡養他們是不是淨吃飯？」

密察使馬上就到了，臉孔白得跟鬼一樣。心裡更是焦急又鄙視。這些傢伙真是學不乖，層級還越降越低！連小廝都威脅是怎樣……老狗沒新把戲嗎？只是帶累他們這些倒楣鬼……

公子一臉憂鬱的看他，「密察使，你們是不是吃閒飯吃煩了？需要教你

只有我能欺負其他人滾去死」，所以才有這樣美麗的誤會。

第二天的論劍場非常熱鬧。御風樓十大高手傾巢而出，圍攻一襲白衫，神情鬱美難言的無情公子……然後全體被「無情」了。

他非常無情殘酷的……卸了所有高手的肩膀和髖骨關節，異常順手的穿了十個琵琶骨。

白衣賽雪，在夏風中不斷飄盪……宛如玉樹臨風般俊雅無儔。

而風中獵獵的是，御風樓主的白長幅，和翻著白眼依舊倒吊的樓主。

這戰震撼了所有華山論劍的參賽者，人人震驚。原來，原來這變態盟主從來沒拿出真正的實力，甚至對付御風樓十大高手恐怕都沒出盡全力！

對變態投降沒什麼丟臉的！因為變態根本就不能講常理！

於是，剩下的參賽者都棄權了，再次承認白公子仲謀「武林第一高手」的地位。

白公子綻出淡淡的笑意，眉間抑鬱終於消散，煥發的神采宛如春水流轉，恬風清唱，讓所有人（包含他倒楣的屬下），瞬間都忘了這是個可恨的變態，都臣服在他無敵風采之下。

輕笑一聲，他轉身緩步下山。只見一個面目依稀與他有些相同的青年男子排眾而出，「十弟！你到底何時歸家？」

原以為連父親都敢踩的白公子會視若無睹的走過去，誰也沒想到他居然停步。

鄭烈心頭大驚，難道魔頭心底也有親情？

他俊目流轉，看著他的四哥，「下輩子吧。」公子考慮了一下，「如果真的有那麼倒楣，又投生到白家的話。」

「你！」他的四哥白仲業勃然大怒，「白仲謀，你不要太過分！你有今天，還不都是白家賜予的……」

公子笑了一聲，如春風吹拂而過，「白老爺子說，只要我拿到武林盟主的位置，從此不再管我。」他上下看了一下白仲業，「四哥，我十歲打贏你的時候，你十六吧？」

白仲業暴吼一聲，其劍如白虹貫日，迅即如電奔騰而來，明明避無可避……公子只是閃身、彈劍。白仲業就劍落吐血，委靡塵埃。

「同樣是白家子弟。」他風姿閒適的撥了撥頭帶，「再給你三個十五年，大概還是打不贏我……老天爺不賞飯沒關係，多練練。」

白仲業又噴了一口血，氣暈過去。

鄭烈微微的顫了顫。他錯了。魔頭心底只有戀姦情熱，怎麼可能會有親情……他實在想得太多了。

在七月的某一天，燦爛流夏，處處傳來荷塘清香，從華山趕回來的佳公子，抬頭看著「王大學士府」的匾額。

她想我了嗎？可知道，這十里荷香的季節，我無時無刻都在思念，寤寐思服。

這時候她應該在做什麼？午時飯後，應該是小憩一下，等著上下午的課吧？今天不是她外出的日子。

原來喜歡一個人，是這種感覺。五內俱焚，恨不得立刻見到她，才能滋潤乾枯燃燒的內臟。分別太久了，實在太久……四十九個日子，五百八十八個時辰……讓他連夜晚都等不到，立刻就要見到她……

他宛如一抹清風，瞬間飛掠高高的圍牆，林梢輕點，頃刻就到了她的小院外。他想走進去，一步步的，走向他的芙蓉兒、小荷花，他的芙渠……

但他實在太專注，專注得懶得隱匿行蹤，所以在小院門口正面撞見了判官手錢通。

錢通愣了愣，立刻如臨大敵，剛掣出判官筆……仲謀冷冷的看了他一眼。如此俊雅無儔的佳公子，眼中的冷意和嚴厲，像是萬丈深淵般深邃和陰冷。

他想起來，這個佳公子是誰了。「無情公子玉……」算他機智，勉強把下半截的綽號咽了下去，但無情公子的眼神卻閃出殺機。

事實上，白仲謀真正闖出來的名號是「無情公子玉面閻羅」。但白公子的痛腳就是厭惡被當成女人，所以喊過玉面閻羅的都差點去見真的閻羅王了，江湖人只敢私底下傳傳，已經很久沒人敢在他面前喊了。

錢通躲在王家太久了，失去了江湖人的敏銳。仲謀注視著他的頸骨想。

「無情公子何以突臨王府？」錢通抱拳，「敢問有何指教？」

錢通為了躲避仇家追殺，和專心研究百毒經，潛居在王家十數年，早磨去了江湖的銳氣。只有他們蠍門極少數的弟子知道他的下落，偶爾來跟他請教和談談江湖祕聞。有時候他真的會以為，自己只是王家大夫，在鄉里行醫，還有一個得意可傳承的女弟子。

王家畢竟是官商之家，內外有所禮防，他又不居住在此，所以竟不知這幾個月白公子來去自如，還派了一個終極保鏢駐守。

但他的確聽說過武林盟主「金玉其外，毒辣其內」。外賦匹世難敵之俊美，內在卻武功毒辣、心思毒辣、手段毒辣。十七歲初試啼音，就拿下武林盟主寶座，從此縱橫天下，從無敵手。

但這樣的江湖梟雄怎麼會跟溫厚的王家人有瓜葛？

白公子沒有回答，反問他，「你又怎麼會擅入王家二小姐的院子？」

「二小姐？」錢通愣了一下，才意會到是說琳兒，「小徒偶感風寒，老夫來瞧瞧她……」

她病了？仲謀總是冰冷的神情露出非常稀有的擔心。這個不長眼的糟老頭突然可親可愛起來。

這是芙渠的師父呢。宰了他，芙渠會傷心的。

「要緊嗎？」他搖身一變，從堂堂武林盟主變成溫文儒雅、斯文俊秀的佳公子，語氣如春風和煦，「可曾度針服藥？」

「貪涼踢被，無甚大礙。你說這小丫頭幾時才能讓人不操心……」他猛然警醒，怎麼跟這邪門盟主話起家常了！「白公子，對小徒關心似乎太過！」

芙渠，竟是這樣護著他。那個老頭看起都沒那麼討人厭了，作為一個試金石，他可以不用死了。

所以，當琳兒沒攔住，判官筆到了他眼前……他只是從袖底彈了兩顆明珠，分別擊在判官筆上，甚至還對錢通笑了一笑。

錢通兩手空空，鋼粉沾了滿掌。他那雙精鋼打造，和他相隨數十年的兵器，成為粉末。

這時候他才知道他和這個強到變態的武林盟主的差距有多大……大約從九天之上到十八層地獄底層那麼遼闊。

選擇當個大夫果然是個睿智的選擇。白公子在心底暗暗點頭。這點子功夫還是不要在江湖行走了，來五個錢通都打不過烏鴉，何況對付他呢？

「白哥哥！你要不要緊？」琳兒撲到他身上，緊張的摸索不存在的傷痕。

「不要緊。」他給了琳兒一個醉人的笑，斯斯文文的向錢通一禮，「錢師父，我對二小姐一直以禮相待，絕不會違背她心意。您可以放心了。」他伸手比了個「請」。

錢通慘無人色，嚴厲的對琳兒說，「跟我來！」

琳兒左右為難，看了看師父，又看了看白哥哥。她天生憐弱的性子爬了起來，誰知道有沒有內傷呢……還是得看看。她很輕很輕的搖頭，「……師父，晚點我跟您賠罪。我得先看白哥哥的傷勢……」

隱在一旁的烏鴉差點昏倒。魔頭會有什麼傷勢?!瞅見公子正在注視他，他不禁一凜，微抬手做了一個「殺」的手勢。

公子的眼神快要把他給殺了。

不殺？他指了指脣，好好跟錢通說？

公子的神情緩和下來，微不可察的點了點頭。

他指了指額頭的微汗，待錢通大怒拂袖而去，直奔王大學士書房時，烏鴉悄悄的潛在他後面，跟他好好的「說」了。

神采，笑起來，就是兩個月彎。瞅著人時，非常坦白，總讓人想起幼鹿無辜的眼神。

專注起來，卻有股隱隱的剛強。

「想我不？」他淡淡的開口，怕驚了她的專注。

「想啊，」她輕笑，「想哥哥的時候，就會想到你。」她又低眉細診。

……這個大舅子真的不除掉嗎？左右為難啊左右為難……

「白哥哥，幸好你沒受傷。」她鬆了口氣，又有點納悶。這脈象真是奇特，好得簡直不像人……像是數人健旺的精力集中在一個人的身上。江湖人都是這樣麼？但師父不讓她診脈，她也不認識其他江湖人。

「……妳說不讓人欺負，我很聽話。」仲謀柔聲說。

琳兒偏頭，「華山論劍……到底是什麼呀？」

他皺了眉，想了想，「就一群不甘寂寞的老頭，硬要我陪他們玩兒。」

看琳兒露出疑惑，他補充說明，「只好讓他們求仁得仁。」

原來華山論劍是陪老前輩切磋武藝啊？琳兒恍然大悟。白哥哥人真好呢。「白哥哥，你功夫算好吧？不然老前輩為什麼選你去陪練劍？」

「還行吧。」他撇了撇嘴，「是別人太弱了。妳說好不好笑？我認真，學了武就滿心只有武，每天苦練，連吃飯都拿著筷子比劃，睡覺也夢到練武。他們不那麼用心，打贏我就笑得挺歡，打輸我就說不公平。」

琳兒滿臉同情的嘆氣，「是呀，世間人是這樣的，都不問自己，淨會說別人。」遲疑了一會兒，「白哥哥，你身上的傷痕……」

「哦，」他滿不在乎的回答，「那是十歲前受的傷。我們家的孩子，學會站就要蹲馬步，學會走就要習武。」他臉孔沉下來，「我哥哥姊姊多，姨娘也多。真不知道他們幹嘛不去掐自己的臉，淨掐我的……連服侍我的丫頭都愛偷掐我。」

他噙著一個邪惡的笑，在夏日裡顯得更陰暗，「但我學會小擒拿手後，就沒人掐得了我了。」

他對那位大師兄展顏一笑，大師兄情不自禁的一步步走向前……

直到天亮，門人驚叫，才把被綁在柳樹載沉載浮的大師兄救上來，看這樣俐落乾淨的卸關節手法……所有人都知道是老十那惡魔幹的。

* * *

「我一點都不難過。」仲謀柔聲說，「瞧了妳，什麼都不難過。」

琳兒漸漸習慣白哥哥的存在，歷經了一整個春夏秋冬。

有時候一、兩個月就來，留個十天或一個月才走，有時候好幾個月才來一、兩天。來的面目時有不同，只有夜晚時是他的本貌。

但只要是他，琳兒一眼就可以認出來，笑靨如花。

本來擔心師父生氣，但師父不知道為什麼只是神情鬱鬱，仔細盤問過他們的來往，就只在她手臂上點了個守宮砂，每次學醫都要她現出來看看……卻沒告訴爹娘，替她保守祕密。

她只以為是師父太疼她，或者是白哥哥跟師父解釋了，完全沒有懷疑到白哥哥會派人去威脅利誘。

在琳兒的認知裡（被白公子誤導過），白哥哥在當一個叫做「武林盟主」的職務，基本上就是武林魯仲連，專門調解紛爭的。因為是勸架仲裁的單位，所以江湖人很敬重他們，只是難免還是需要武力鎮壓。

她很擔心，調了很多金創藥和丸藥給白哥哥。雖然她已經知道白哥哥武功不弱（？），但看他那樣秀雅頎長的身影，還是會心生憐惜。

畢竟，她從出生以來，就一直跟哥哥生活在一起。父母過度恩愛，成了一種範例，她跟哥哥也是非常親愛，哥哥驟然去了安徽唸書，要三年方歸，她非常失落和不習慣，剛好白哥哥填上了這個空缺，她不知不覺把對哥哥的親愛和依賴，都轉移到這個秀美文弱（？）的白哥哥身上。

而且白哥哥對她真的非常非常好。

她從來不敢跟人說的願望，白哥哥都會專心的聽，從來不會笑她。就算

「吵醒妳了？」他溫聲歉意，「我不敢出聲，只想看妳一眼就走。」

這麼冷的天，他居然只穿件書生袍。琳兒坐起，看到一件沾滿雪的披風遠遠的搭在窗台。「白哥哥，凍壞你了。」她抱著剛蓋過溫熱的棉被披裹在仲謀身上。

「……這不反而凍壞妳？」他盤膝坐下，「讓我也效回柳下惠坐懷不亂？」敞了被褥。

或許是睏，或許是許久不見，琳兒溫順的坐在他懷裡，讓他合攏被褥輕抱著她。「白哥哥，我很想你。」她愛睏的說。

他已經被打擊習慣了，下一句琳兒就會說，「就像想我哥一樣。」讓他在想像中除去幾百次的大舅子。

等了一會兒，他發現大舅子不用死了。因為芙渠沒說那句，而是把臉輕輕貼在他胸口，抓著他的衣服。

這瞬間，肅殺嚴寒的雪日，便成了風和日麗、十里飄荷的夏日午後。他愛惜的合攏雙臂，像是抱著一碰就碎的珍寶。

「我也很想妳。」半晌，他才說話，「可不，得了兩個時辰的空，我就想來瞧瞧妳……我只是想瞧瞧妳睡著的樣子，沒想到吵醒妳……」

「白哥哥，你很傻氣欸，」她輕笑，「你把我叫醒有什麼打緊？」

他閉了閉眼睛，仔細消化了此刻的甜味兒。翻手遞出一朵白花，「有點枯萎了……天山到這兒實在太遠。」

琳兒睜圓了眼睛，「……天山雪蓮?!」

他點了點頭，「不是一般的……據說有上百年吧？保命用的……但我只是因為這朵最美，才去採了。」他推開被褥，把天山雪蓮簪在芙渠的耳側。

果然像他所想的，非常清純可愛，就該戴在她頭上。不枉他和幾十個人殺搶半天。太值得了。她沒有笑，愕然的神情卻泛出一種青澀的芬芳，緩緩的從兩頰擴散成粉紅。

奪人呼吸啊！

結果卻是這樣。她非常害怕自己的命運也會相同……她感到毛骨悚然，世間男子薄倖若此！

她掙扎著要掙出白哥哥的懷抱，這大概是她第一回意識到和她這樣親密的人是個男子，而不是她的哥哥。

「芙渠！」仲謀不敢勉強她又不捨得放，「怎麼了？」

「你們，都一樣！」她哭出來，「我要我哥哥！」

仲謀莫名其妙兼怒火高張，只好化為遷怒。大舅子你還是死吧！

「怎麼可能一樣！」仲謀對她吼，「我從來沒忘記要為妳執鞭趕馬，陪妳行走天涯！」

她嘴一扁，委屈的哭起來。咱們這個足智多謀、邪惡又變態的武林盟主一整個慌了手腳，畢竟只有人哄著他開心，連去青樓也是女子逢迎討好，他還從沒哄過任何人。

抱也不是，不抱也不是。他只好試探的輕輕撫著琳兒的背，她像是受了欺負的小孩兒，貼在他胸前哭得很傷心。他這才敢攏著她，小心翼翼的拍她的背。

「白哥哥……嗚……對不起，我不該亂發脾氣……」她抽噎著，「只是男人都好可怕……」她破破碎碎的說她的擔憂和煩惱。仲謀這才發現，她的早慧和心細，和某部分反常的天真和潔癖。

「你、你不用……不用把那些話放心上……」她啜泣，「我、我想……我先出家再去行醫好了……你不要、不要為了我放棄……放棄自己的事……」

「不准。」他內心大定，根本是小菜一碟嘛。有這樣的岳父，當然知道該有怎樣的榜樣。想娶他的女兒還會想討小？反正他本來就覺得女人太煩。仲謀偏頭想了想，「其實，從來也沒什麼我的事。武林盟主也不是我要當的，事情多、部下笨，有什麼好？那是跟我爹爭口氣而已……我從來不喜歡……」

坦白說，他有什麼喜歡的呢？仔細想想，似乎沒有。

他的母親是正室，生下他就過世了……而他是最小的一個，男兒裡排行窗下的烏鴉和鄭烈正在做劇烈的掙扎。在良知和性命中翻滾不已，多少次得互相拉著才不會衝進去警告年幼無知又可憐無辜的王家二小姐。

下流下流太下流！真的沒有最無恥，只有更無恥！

「可、可是……」琳兒咬著脣，「可我只把你當哥哥……」

「不要緊。」仲謀俊雅的臉孔滑下一行淚，如此晶瑩絕美，「只要妳還願跟我說話，讓我能為妳執鞭趕馬，賣到王家當家奴也無所謂……」

是人就不該坐視這種惡魔禍害無辜！鄭烈憤然站起，只聽到窗紙一聲輕滋，破空而來一顆明珠，正中印堂，將他打翻雪地。幸好公子心中歡喜，下手不重……所以沒有腦漿迸裂，只是明珠嵌進印堂而已。

烏鴉馬上把自己的良知直接埋到雪堆，老老實實的蹲著。

過年剛剛十四歲的琳兒，八方吹不動的少女心，終於讓白哥哥的真情告白（非常春秋筆法），羞怯的展開一點幼芽……

同意用王家哥哥的標準對待白哥哥了。

這個重大的勝利，讓俊雅的白公子更神采飛揚，只是波及更多來挑釁的倒楣鬼和他更倒楣的部下而已。

但最讓烏鴉跌破一打茶盞的事情發生了。

他們這個邪惡又變態，卑劣無恥又沒有絲毫道德良知的白公子仲謀盟主……

居然是純愛派。

這簡直比「山無陵，江水為竭，冬雷震震，夏雨雪，天地合」總總異象加在一起還不可思議。

公子不是不行啊……根據他多年貼身隨侍的經驗，公子去青樓真是……咳，總之，即使他從不笑，看人的目光如冰，還是滿樓紅袖招。青樓花魁爭與公子共眠過為榮。

但自從他來保護王家二小姐以後，公子就沒再涉足青樓……這點是鄭烈態和令人髮指的事情……

堂堂武林盟主、無情公子玉面閻羅，武林第一高手，送給二小姐的壓歲錢是——白仲謀賣身予王琳的賣身契。

「……白哥哥！」琳兒驚叫起來，「你怎麼……」

「我是說真的，妳不信？」他淺笑低眉，「現在妳該信我了。家奴就家奴，能陪在妳身邊，我什麼都不介意。」他柔婉的嘆了一聲，「芙渠，妳今年就十五了。再一年……剛好我卸了武林盟主的位置。要陪妳天涯行醫，總要有個身分。想來想去，還是給妳當家奴吧……」

原來一整年的純愛，就是為了這刻準備嗎……？

「不！不行！」琳兒咬著脣，低頭認真想了好一會兒，把手遞給仲謀，「那個，白哥哥……我、我的手，讓你牽……」

仲謀卻沒馬上去握，「芙渠，妳並不知道什麼是成親。」他輕笑一聲，「我……不希望妳日後怨我。真的，這樣我很開心。我願給妳當奴僕……一生伴著妳。」

琳兒哇的一聲，衝進仲謀的懷裡，大哭不已。仲謀露出非常美麗（又陰險）的微笑，輕輕撫著她的長髮。

……夠陰、夠毒、夠恐怖！這麼縝密的心思，這樣險惡的計謀！就算是天上仙女也讓他騙到手了，何況是一個才十五歲的小女孩……

鄭烈抖抖抖的靠近烏鴉，在地上潦草的寫著，「真會把自己賣進王家？」

「是賣給二小姐！」烏鴉飛快的回。

這種事兒，他們公子是幹得出來的。他們很想提醒二小姐這是賠本生意……而且是大賠特賠，賠掉自己一輩子……可他們都沒有足夠的膽量。

三月十六夜，大悲寺。

桃花正豔，琳兒和白哥哥已經共看三年桃花。今夜仲謀特別把琳兒偷偷背出來，到一個小小的斷崖邊，一株孤零零的桃花長在崖等，怒豔狂燃的噴湧春火，滿月從樹梢悄悄的露出半張皎潔的臉。

萬籟俱靜，連琳兒都屏住了氣息。

仲謀扶著桃幹，轉頭輕笑，「一直，都想帶妳來看看。現在終於可以了。」

她有些羞怯的綻放了如月皎潔的純淨微笑，春風微度、少女情懷，正是懵懂朦朧之初。

他目眩神迷好一會兒，深吸著桃花混著少女芬芳的香氣。兩年多了，感受到的卻只是越來越深的……喜歡。

他這樣的人，也會喜歡呢。

「我舞劍給妳看。」他抽出秋水般的寒劍，光芒四溢。在桃瓣飄零、暗香浮動，皎潔月光下，衣袂飄舉，流光剎那，與鋒利的劍共舞。

琳兒靜靜的看著，看著眼前這個閒雅公子。想著和他初相遇時，他宛如謫仙般端坐水中央，冷漠如寒霜的神情。和現在這個生氣蓬勃，像是春風所化的佳人。她並不傻，相反的，她繼承了父親的靈慧。

她也漸漸明白，白哥哥的心意，和他從來不要求的希望。他的願望那麼簡單卻又是那麼沉重，只是伴在她身邊。

當她問為什麼的時候，白哥哥總說，「因為我想和妳一起啊，芙渠。」

簡簡單單，乾乾淨淨。

我呢？我喜歡嗎？琳兒問著自己。

我喜歡的。我很喜歡……我想將來真能天涯行醫，白哥哥在我身邊，我會多麼開心。但她不敢相信這種事情……男人多薄倖。但不薄倖的白哥哥，把自己當壓歲錢送到她掌心。

他說，信我吧。我給妳當家奴，總要信我吧。

那一刻，她並沒有看到光采奪人的白公子，也沒看到溫笑低眉的白哥哥。她看到一個男子把他的一生坦然的擺在她手上，給妳吧，任妳處置吧。只要能在妳身邊就好。

比爹還忍心的男人。對自己如此之狠的男人。

將來他若薄倖，我絕對不會怪他。因為在彼時，他這樣狠得使出那樣的決心。像是他若無其事的半跪下來用袖子幫她擦泥足，替她穿鞋那麼自然。

人息花猶舞。

他將劍歸鞘，溫愛的用袖子擦她的臉，輕聲問，「為什麼哭？」

琳兒仰臉對他，閉上眼睛。像是艱澀的試圖伸展深蜷花瓣的芙蓉，那初綻的光景。他輕輕吻去琳兒頰上的淚，像是蝴蝶的輕觸。

他的芙渠，把手遞給他。他緊緊的握住。

雖然早就知道會有這天，但他依舊感動到熱淚盈眶，甚至輕輕的發抖。最後他半跪在琳兒的面前，一遍遍的吻她的掌心，像是世間的一切美好都在那裡。

那夜後，仲謀匆匆而去。他本來在湖南處理一件重大糾紛，是硬擠時間來的，「一、兩個月吧，」他執著琳兒的手，「我親自去跟王大人提親。」

「……爹若不肯呢？」琳兒噙著隱隱的笑問。

「那我只好偷偷把妳抱出來，等生一、兩個孩子再回去跪了。」他喟嘆。

琳兒捶了他兩下，「白哥哥，你胡說什麼……」

「放心吧。」他自信滿滿的扶正了琳兒髻上的桃花，「我會設法打動王大人的。」反正他有很多計畫，天干地支輪上一輪都用不完。

「師父說，他沒什麼可以教我了。」琳兒低了頭。

「那多好，等我辦完這趟差，這勞啥子武林盟主也沒什麼好幹的。」他毫不在乎，「我早早卸任，我們也可以早點出發。我帶妳周遊五湖四海。」

他緊緊抱著芙渠，感受到她那樣溫柔順從的窩在他懷裡，像是填補了所有的空虛。原來，我不是無情的人啊。他突然領悟。我只是比平常人少一點，更挑食。原來「喜歡」是這個樣子的，能讓他原本像水墨山水的世界，出現無

盡量找對方的優點，好好相處。剛好妳爹這麼想，我也這麼想……我覺得他越看越可愛，他也覺得越看越喜歡……我們運氣很好。」她嘆了一聲，瞥見女兒的神情溫柔甜美，心底微微一動。

「琳兒，妳知道娘的。妳想做什麼、想喜歡誰，娘都會支持妳。」

她擁有聖母笑的女兒，哭得像個小孩子，撲進她懷裡。「我知道，我知道……但我說過，」她娘喃喃的說，「家人不是守在一塊兒才叫家人。」

或許就是有娘這樣深刻又放縱的愛，她才敢做那樣的大夢吧？

四月初，二伯母約她去武夷山。她本來想推辭，怕白哥哥回來看不到她。但聽說李芍臣會在慈惠庵行醫，剛好二伯母要去的就是那裡，白哥哥又送了信來，說事情棘手，恐怕七月方歸，她才點頭答應了。

一路勞頓，難以盡數。等到了慈惠庵已然日落，她已經是十五歲的大姑娘，戴著紗帽，身穿淡綠夏衫，在進出山門時，與一個身材打扮相差無二的姑娘錯身而過，兩人回視一眼，盡是訝異。朦朧白紗後的眼睛對視，琳兒笑了笑，那位姑娘似乎也笑了一下。

等入院居住，她詢問師太，師太才說李芍臣剛剛離去不久。她想了想，靈光一閃，那位姑娘的家人似乎提著箱子，應該就是李芍臣。

沒想到千山萬水而來，居然擦肩而過。撫著自己的藥箱，輕輕喟嘆。緣分深淺，真是強求不來。

正準備盥洗時，她聽到重物墜地的聲音，轉頭看到小喜昏倒在地，火燭翻覆，瞬間一片黑暗。後頸一痛，她失去了知覺。

白公子仲謀很鬱悶。本來很簡單的事情，結果搞得很複雜。不就是湖盜搶了不該搶的貨，因為金額太大捨不得吐出來，人人都想分一杯羹，這樣也可以牽扯到武林道義……道他娘的。

是很想發脾氣殺個乾淨，自己把貨吞了算了。但要殺的人實在太多，殺到完他手也酸了……芙渠又勸他不要殺太多人，積點陰德。

他一直很聽話的。

正在考慮明天該不該先殺一、兩個鎮住場面，省得吵吵鬧鬧……滿身是血的烏鴉衝了進來，撲通一聲跪下。

他的臉立刻褪去所有血色，聲音變得又高又尖，「……芙渠呢？」

「屬下無能……」烏鴉一隻手臂搖搖欲墜，咬牙忍住。

「別說廢話！」公子怒吼了。

「二小姐在武夷山被劫。」烏鴉將頭重重磕在地上，「看武功路數……似乎是崑崙派的。」

他逼視過來，舉起手掌……仲謀整個被怒火占據，想立馬斃了這個無能的廢物……不，他想殺了在場所有的人，都是這些廢物和冗事絆住他……

但他遲遲沒有落掌。

真正該死的，不就是我自己嗎？明明知道我結仇遍滿天下。明明知道該自己守著。到底武林盟主這位置有什麼好，捨不得立刻抽身走呢？

這一切，完全不關他的事情，他也完全不關心。只是他只會幹這個，也想不出其他想幹的事情，所以馬馬虎虎的和稀泥……但他不就有了想做的事嗎？

陪著芙渠，行走天涯。

這個人……這個混帳笨蛋廢物……見過他和芙渠的所有一切。

「鄭烈，」他語氣冰冷，「把他拖下去……治了！」

鄭烈瞠目抬頭望他，治了？

公子暴躁起來，「你要我把你的手打斷再示範怎麼治嗎？就沒有一個有用點的？」

「……是！」他趕緊攙起那個死了大半個八卦夥伴，送到後頭找大夫。

他滿腹的暴躁憤怒無可發洩，雙手用力，他的檀木座椅成了粉末。「受夠了，我受夠了！」他怒吼，「密察使！」

「屬下在！」密察使緊急上前。

但公子卻沒有再開口了。

他顫顫的抬頭，看到公子的臉褪得更白，嘴唇緊緊的抿著，頰上有著不正常的霞暈。他從來沒看過公子那麼生氣。

「罷了。」他勉強穩住呼吸，冷冷的說，「好自為之。」

將盟主令扔給右護法，他大吼，「老子不幹了！」

那天武林盟主衝冠一怒為紅顏，拋下整個武林盟，走了。

琳兒昏昏醒轉時，後頸疼痛不已。低頭看到的是飛快後退的草叢和黃土路，她才意識到，她橫在馬背上，手腳被綁，有隻大掌按著她的背，才沒讓她顛下馬。

她被劫了？

但為什麼？如果是人拐子……真沒拐子會拐這麼大的姑娘，何況她又缺乏那種足以被拐的容貌。而且人拐子……應該沒那麼大的陣仗，聽震地的馬蹄聲，不是一、兩匹馬而已。

她昏了多久？天色濛濛亮了，恐怕一夜已過。

見她昂首，按著她的背的大漢大叫一聲，所有的馬開始緩蹄、止步，一大群攜刀帶劍的江湖人驅馬過來，瞪著她的臉。

「……她不是李芍臣！」當中一個嚷了起來。

「怎麼可能？她明明穿得跟李芍臣一樣！」

「也有藥箱啊……」

「難道是李芍臣的李代桃僵？」

和她同馬的大漢一把抓起她的頭髮，聲如洪鐘的厲問，「妳是誰?!」

「王二姐。」琳兒忍住不敢哭，「我只是去進香的。」

「進香還帶藥箱？」大漢又抓緊了一些，她疼得眼淚快掉下來，「敢騙老子，一刀殺了妳！」

只是無妄之災。這關，絕對要挺過。

她從馬背上被拽下來，拖著頭髮仰起頭。江湖人原來喜歡抓人頭髮，幸好白哥哥不會這樣。想到他溫雅的笑容，她又多了幾分勇氣。

瞪著抓她頭髮的豔麗女子。神情淡漠，隱著驕傲和厭惡。那女子冰冷的說，「是她嗎？」

一個枯瘦的老頭揖身說，「是，武林盟烏鴉設法將她救回去。力殺五人，但崑崙派的人實在太多，又身受重傷。他應該是回去報訊了……」

那女子露出冰冷的笑容，一昂下巴，「白仲謀是妳的誰？」

基於女人的敏感，那女子提到「白仲謀」三個字太輕挑含情。勾起一種深沉的、酸澀的怒意，她均勻呼吸，平靜的說，「是我未婚夫君。」

啪的一聲，那女子刮了她一個耳光，半邊臉都腫了起來。琳兒早咬緊牙關，所以只是脣角出血，她深吸幾口氣，倔強的抬頭看那女子，緩緩的、勝利的展露她絕美的聖母笑。

那女子本來已經揚起手，但看到她那純淨又充滿勝利況味的笑容，既想狠狠地撕碎她，又覺得心頭著了許多刀，萬箭穿心。

狠狠地把琳兒推倒在地，女子喝道，「把她帶回去！我要親自在姊姊的墳前剖心祭奠……」她冷笑兩聲，「然後把妳的屍體送回去給白仲謀！」

琳兒閉上眼睛，不再看她。告訴自己，絕對不要哭，也……要找機會逃。就算逃不走，也要選個乾淨地方死無屍骨。

白哥哥絕對不能接到她的屍體。她已經明白他了。這樣狠心願意把自己賣到琳兒手上的男子，知道琳兒死得這樣慘，絕對會對自己更狠。

她不要白哥哥難過。隱藏得很深的倔性抬頭，讓她從來沒有如此刻般充滿勇氣和鬥志。

琳兒又被扔到馬背上顛，但她一聲也不吭，盡量保持自己的尊嚴。這大概是嬌養在深宅大院的她，最為苦楚的三天。

說，我為什麼要接受一個卸了我四肢關節，趁機對我上下其手的女人？妳知道她甚至伸到我的……」

「閉嘴！住口！」長生宮主大叫，「你這無情人！你明知道我們鍾情於你，我們不夠美嗎？我們不夠柔順嗎？到底要怎樣你才……」

「我也想過這問題呢。」他才踏一步，無數弓弩暗器都對牢了琳兒，「現在我明白了。」他長嘆一聲，「是我的問題。我原本就是個魔頭，所以吸引一些瘋子。但魔頭就是不能愛瘋子的。」他看向被折磨得非常淒慘的琳兒，「魔頭，也是會嚮往光亮的。」

他垂下劍，「好啦，反正我還是不記得妳的名字。宮主妹妹，妳想怎麼樣？」

她用非常仇恨、深戀、瘋狂的眼光看著仲謀，語氣冰冷而帶狂意，「把你的心挖給我。我就考慮……放了她。」

「妳才……不會放了她。」他溫柔的笑了笑，看看四周，「不過我終於知道妳要什麼……」他的笑意更深，卻更邪惡，「妳要我的心。但我寧可切碎了，也不給妳。」

「不……」琳兒驚懼的瞪著他，嘶啞的喊，「不要，白哥哥！」

「琳兒，忍耐點。」他露出溫愛柔和的燦笑，幾乎趕得上琳兒的美麗，「我先去等妳。路上不平，妳要忍耐……慢慢兒來。」

他從容的，慢慢的，將如秋水般霜寒的薄劍，從肋骨間隙緩緩的插進去，帶著又邪惡又滿意的笑，緩緩的倒下。

鮮血迅速的流淌，又被沙土吸收了。他的眼睛半閉，隱隱倒映著天光的藍，依舊俊雅無儔，依舊是碎人心的絕代佳公子。

長生宮主的劍落在地上，也鬆了手，讓琳兒跌在地上。她仰頭，發出高亢的笑聲，並且痛哭不已。

怔怔的看著倒臥血泊的白哥哥，琳兒覺得內心響起一聲微弱的「啵」。像是深深捲藏的花瓣，終於要盛開的聲音。

漉漉的仲謀抱在懷裡。

他的臉色白得可怕，嘴脣褪得一點顏色也沒有，如刀裁般的劍眉顯得更黑，隱隱的，籠罩一股死氣。但他神態安閒，清亮的眼神充滿喜悅。

「妳在發燒，不能再穿著溼透的衣服。」他語氣很平和，「趁夏日晴好，我們晒晒太陽。」

她微微的點了點頭，眼睛捨不得離開他，眨也不敢眨。

「妳被打成這樣……不過我報仇了。那女人已經開膛破腹……倉促間沒辦法讓她死得更慘了。」他微帶歉意的說。

她又點點頭，顫著手摸著他胸前的血跡。

「看起來可怕而已……不會馬上死。」他輕笑，「我貼著心刺進去，只是傷了肺經……我點了那幾個大穴……起碼兩個時辰內不會出血過度。」

她的眼淚，緩緩的流下，順著臉頰蜿蜒而下。

「當時真的沒辦法，我不死那個瘋女人不會甘休。我只好行此險招……」他頓了頓，「妳會怪我嗎？害妳那麼傷心……」

她用力搖頭，眼淚更洶湧。

「可是……我跟妳坦白的話，妳一定是會怪我了。」他低頭，「剛妳昏迷的時候……我真想過帶妳走。但看到妳身上這麼多傷，我難受極了。我捨不得讓妳痛……」

「……白哥哥，你真該帶我走。」她痛哭起來，心知就算沒有命中心臟，他又不能一直封住心肺大穴。沒得血液滋養，他會漸漸窒息缺血而死，但解了穴道，就會出血過度。

他們都很清楚，仲謀的時間不多了。

「哪裡捨得呢？」他緩緩躺倒，和琳兒對著臉，「妳是我的芙蓉兒、小白荷。我最心愛的芙渠……」他的聲音漸低，「妳在我心底開了那麼久，現在我真得了妳的心了……」他慢慢閉上眼睛，胸口的血跡忽然擴大。

琳兒用力咬了一下的唇，咬到出血，才沒讓撲天蓋地而來的慌亂和痛苦擊倒。她堅韌的倔性又爬了起來，抖著撐住雙臂，跪在仲謀身邊。

因為飢餓、脫水和發燒，她感覺非常虛弱，全身的傷口疼痛不已，有些地方還發炎了。但她很清楚，她受的多半是皮肉傷，會好的。

她是醫者，眼前是她最重要的傷患。

解開仲謀的前襟，露出那個窄小卻幾乎穿透他的劍傷，鮮血漸漸噴湧。她除去仲謀溼透的衣衫，卻聽到一聲輕響。

貼著他懷裡放著的是，初見面時她贈與的小木釵。

她哭了。

卻不是因為悲慟，而是感到希望的喜悅。她回去以後才想到，那木釵搖晃的小木球裡，有個蠟封的七傷丹。是她自己開的方，和她師父共同研究的。所有的藥材都是她親配的，因為父親的傷腿，她對骨科外傷止血特別注意。

因為配了許多，她就不甚介意。卻沒想到，今天要依賴這個生肌止血、扶死救危的小丹藥，給白哥哥一點希望。

上天並沒有放棄他們。

她咬開小木球和蠟封，想要餵給仲謀。但他雖面目舒展，卻牙關緊咬。琳兒毫不猶豫的噙了丹藥，將唇壓在仲謀櫻花白的唇上。

似乎仲謀清醒了一下，微微開了牙關，讓她用舌頭把丹藥送進他口裡。他費力的嚥下丹藥，虛弱的含著琳兒小小的舌頭好一會兒，才鬆弛的昏過去。

白哥哥真是……貼著他的唇，琳兒笑了起來，越笑越帶歡意。

雖然白哥哥重傷殆死，雖然她頭痛欲裂，遍體高燒。雖然他們在不知名的河岸處，所臥不過是片青草地，雖然現在她只套上一件半乾的外裳，衣不蔽體。

但她從來沒有這麼快樂過。

原來世界上最快樂的事情是……失而復得。

仲謀再醒來時，已經是滿天星斗。有瞬間他不知道自己在哪，以為已經死了。但他模模糊糊還記得琳兒吻了他，給他一個沁涼的珠子……難道他的芙渠真是荷花化身，度他內丹？

他動了一下，發現他上身赤裸，卻纏著布條，沁著血跡。

「白哥哥。」琳兒沙啞的喚他。

他勉強轉頭，看她只穿著一件皺巴巴的外裳，胸口半遮半掩，圓潤的大腿忽隱忽現。他突然很捨不得死。

「怎麼只穿這樣？」他用氣音問。

「沒綳帶和巾帕，我把單衣撕了。」她微微笑，十分虛弱。但發燒的紅暈終於退了，「我找到一些草藥和一把野果。味道雖不好，還是得吃……」

「我只想喝水。」困倦襲來，他開始覺得冷。他大概失血太多了……氣血兩虧，內力提不上來。但他覺得好些了。

「妳真把內丹給我？」他低低的問。

琳兒愣了一下才聽懂，輕笑了一聲，不回答。沒得煎藥，她將幾種草藥嚼爛，用口哺給仲謀，非常難吃，甚至令人欲嘔。但仲謀不但乖乖的吃了下去，差點死掉的他，還用盡力氣抬手抱住琳兒的背。

她有些好笑的想，娘常說男人都需要重新製造，劣根性太多。果然如此。

讓他喝了些水，琳兒將他已經乾透的袍子拿過來，蓋住他們倆。

「……芙渠，靠近我一點。」他閉著眼睛，「我覺得冷。」

但一直靠近到琳兒趴在他的肩窩，他才沒再說冷。靜靜的躺著，默然無語。但聽著他細細的呼吸，琳兒覺得這是她最感幸福的一夜。

第二天，一隊行商經過。

約五、六人，趕馬推車，看到琳兒，停了下來。觸及他們的眼神，原本遇到人的喜悅立刻消失無蹤。

她想轉身就走，緊緊拉緊衣襟，但那些人追了上來。

白哥哥在她身後，虛弱不堪。她壓抑住恐懼和尖叫的衝動，斯斯文文的福了一福，「各位官人，妾身與夫君昨日遇劫，幸遇各位。不知能否告知此為何處，鄉鎮該往哪走？」

他們停住了腳步，似乎有些猶豫，只是瞥了瞥躺著沒動的仲謀，眼中的獸性越來越濃。

仲謀輕咳一聲，坐了起來，緩緩睜開眼睛。漆黑如星空的眼睛，卻顯露出無情和凌厲，殺氣宛如實質般可以觸摸，從這個瀕死秀雅的佳公子身上噴薄而出。

虎死威猶存。何況虎未死，屋鼠田豚之輩妄想染指他最寶貴的領域！

大約是覺得讓個快死的人嚇住很丟人，有個大漢整了整腰帶，昂首凸腹的晃過來，嘻皮笑臉，「小娘子，看起來妳要當寡婦了，不如從了哥哥……」

他話還沒說完，旁邊一棵碗口大的樹突然倒下，砸在他頭上。

仲謀指尖扣著顆小石子，冷冰冰的說，「下一顆，誰想用眼睛來嚐嚐？」

他的臉孔蒼白若雪，嘴脣也沒半點顏色。幾句話，說得上氣不接下氣。但他那充滿殺意和冷靜瘋狂的眼睛，卻讓每個人相信，就算這樣，他也能殺掉在場所有的人。

「誤會，是誤會。」一個看起來像領頭的人乾笑，「我們是看兩位似乎有困難，看能不能來幫把手……我們販私鹽的，粗魯些，嘴裡花花，心不壞的，這位相公，別在意，別在意……」

「娘子，扶我起來。」他低聲對琳兒說，「記得帶上我的劍。」

即使跳崖躍江也沒丟了這把劍，但劍鞘已經沒了。他垂著劍，環著琳兒，「帶我們到最近的市鎮就行，馬車上的鹽搬兩袋下來，讓點位置。」

「喂，你這是求人的態度嗎？」一個手下模樣的人吼起來。

「嗯？」仲謀朝他看過去，那人嚇得簌簌發抖，倒退五、六步。那一眼，像是一把劍般刺了過來，幾乎要在他眉心洞穿。

領頭把那人踢了一腳，「滿嘴胡柴！淨養你們這些只會惹禍的吃貨！」

滿臉堆笑，「相公、娘子，這邊請。吳大、吳二！把馬車的鹽搬下來，讓給貴客坐！」

仲謀含著微微的笑，經過領頭的時候卻突然出劍，刺過衣袖，白色粉末簌簌而下。「石灰？嗯？」他笑得更邪惡些，「往常呢，像你這樣兒的下三濫，我都是卸了四肢去餵狗。但我娘子要我少殺人，暫饒了你去……」又冷笑兩聲。

領頭撲通一聲，跪在地上磕頭不已。仲謀沒再看他，環著琳兒的肩，一步步的走向馬車，落座將劍橫在膝上，身子一沉，全靠琳兒撐住。

傷口應該迸裂了，淡淡的血腥味。

但琳兒也沒說話，只是抱緊了仲謀的腰。

大約是讓仲謀嚇壞了，這起私鹽販子沒再搞鬼，把他們扔在修水附近的安秀縣城，連琳兒饋贈的明珠也不敢要，快馬加鞭的飛逃而去，能多快就多快。

憑著仲謀惡劣又奢侈的嗜好，他拿來當暗器打人的一小袋明珠，讓他們得以在縣城落腳療養。只是一進入客棧的上房，強撐著的仲謀昏了過去。

琳兒貼著他的臉，全身傷口如火燎，動彈不得。

但她的心很甜，又苦又甜。這是我……一生都可以倚靠的夫君。即使傷重若此，也會起身保護我的夫君。

她可以把自己的心放在他手裡攢著，毫無畏懼。

朝自己的胸口戳一劍幾乎對穿，不是開玩笑的。

而且戳了這劍後，仲謀妄動真氣，殺了長生宮主，又跳入江中救起琳兒，強行封住心肺大脈……雖得了七傷丹有所緩和，但他實在失血過度，又威嚇了那些鹽販子……有幾天，竟是非常危險。

琳兒自己也滾著燒，卻一次次強打精神的寫藥方，請店小二去抓藥。有些外傷藥膏得自己調製，她常虛弱到沒有力氣動藥杵。但她咬牙撐著，一面煎著藥，一面熬著濃肉湯。

每隔一個鐘頭，她就設法讓仲謀喝下點東西。失血過度的人往往血行不足衰弱而死。世人往往用蔘湯吊命，卻不知道這是救急不救症。仲謀現在最需要的是補血行氣，食物絕對比藥物來得強。

男人的劣根性倒是間接救了仲謀。原本昏迷牙關咬緊無法灌食的仲謀，只要琳兒的脣貼在他脣上，就會稍微清醒的張開嘴，不管是肉湯還是藥，都很順從的喝下去。

她知道自己多處傷口發炎，但無暇顧及。她也知道讓有內功的人鞭打過，鞭傷非同小可，後患無窮。但她幼年就學武，雖然武藝粗淺，內力純走道家路線的吐納服氣，但她一直沒有間斷，打下一個很好的底子。

最少不會變成廢人。

但白哥哥經不起耽擱了。重傷經水失血，他胸口的傷口有些潰爛，若毒入心經，那就救不了了。

但安秀縣城是個小地方，許多藥材不齊，沒辦法製七傷丹，她只好絞盡腦汁，拚盡生平所學，甚至她娘給的一些小偏方，終於把白哥哥的命救回來了。

仲謀張開眼睛的時候，看到的就是憔悴不堪，黑眼圈快直抵臉頰的琳兒。她鼻青臉腫，瘀血已經褪成青黃，臉上還有兩道翻捲皮的鞭痕。

但他覺得，這是世間最美的臉龐，是他最愛的女人。昏昏沉沉之際，他知道琳兒正在幫他擦身換藥，知道她的溫度非常高，知道她……這個小小的醫者沉默的將他喚回。

他發不出聲音，用氣音說，「我回來了。」

「……歡迎回來。」她笑了，比任何時候都美麗。褪去了一些純真，卻摻入了更多的堅強和倔性。讓她的笑顯得帶點憂思，卻更動人心魂。

一旦度過難關，血行略足，仲謀恢復得很快。只是運功療傷需要時間，但沒幾天就能起床行走。反而琳兒累病了。她的傷沒好好護理，又有內傷，加上看護仲謀，勞神勞力，幾乎油盡燈枯……

他們這對病號幾乎在狹小的房間裡相擁了大半個月，哪兒也沒能去。吃飯抓藥都得麻煩店小二，幸好他們打賞豐厚，還不至於挨臉色、缺衣少食。

常常是琳兒掙扎著起來幫仲謀換藥包紮，換仲謀替她身上的鞭痕上藥。兩個人吃的藥恐怕比飯還多。

「我算過了。」仲謀替掩著前胸的琳兒上藥，傷口都集中在後背，密密麻麻，他的語氣和神情同樣陰沉，「能計數的一百二十六道，重疊導致不能計數的暫且不論。一道鞭痕一條命，長生宮等滅門吧。」

「……白哥哥，別遷怒。」背對著他坐著琳兒輕輕的說，「人都死了，算了吧。」

「我忍不下這口氣！」他咬牙，「不遷怒也行，我去把她們姊妹的屍體都挖出來打個稀爛！」

琳兒輕笑一聲，「白哥哥，人死如燈滅。什麼冤讎都過了吧。」

「妳是好人，我不是！」他依舊氣憤難平。

「我知道白哥哥不是好人。」琳兒語氣平和的說，「有時候你還會騙騙我。」

替她抹藥的手僵住了。

琳兒淡笑，「你對自己狠，對別人，一定更狠。你沒有什麼喜歡的人事物……所以對人非常無情。」她輕嘆一聲，「我知道的。」

仲謀的手垂了下來。

「但你喜歡我。」琳兒的笑意更深了一點，「白哥哥，你很喜歡我。說不定……我是你到目前為止，唯一能讓你喜歡的。所以你不想讓我知道，事實上你不是個好人……所以你會瞞著我。」她撇了撇嘴，「當我都不知道呢。」

仲謀在她身後，不發一語。

「但我喜歡你，白哥哥。」她輕輕的說，「我不在乎你不是好人，因為我知道你也不是壞人。你很懶……懶得去主動殺人。你會殺人都是被動的……通常都是反擊，對嗎？你騙我是因為你非常愛我……我覺得好笑，但不在意。」

咬了一會兒唇，她很小聲很小聲的說，「因為我很愛你，白哥哥。以後你不用辛苦編話騙我了……我不會生氣的。」

仲謀從背後抱住她，非常小心的。但她的傷太密了，還是有點刺痛。但比刺痛還強烈的情緒是……「白哥哥，我、我……我還沒穿上上衣。還有你的傷……」

「我很小心，不會傷妳的。」他將臉埋在琳兒的後頸窩，「芙渠，我真的非常愛妳。妳是這世間我唯一懂得愛的人。」

她一手抓著掩著前胸的上衣，另一手，緩緩的蓋在抱著她的，白哥哥的手上。

月黑風高殺人夜。

不知道殺手們是不是都上同個殺手研習班，總之，他們總是夜觀天象，喜歡在滿月而烏雲掩罩的夜裡，殺人放火。

其實這是很不保險的。畢竟烏雲厚薄不一，時不時都會破個洞。而無光害的滿月，總是特別明亮。

所以說，這次的行動會出差錯，實在是因為好死不死的，突然雲破天開，滿月照得漆黑的院子通亮，一大票黑衣殺手尷尬的呈現一二三木頭人狀態，還得心底安慰屋子裡的人睡得正熟，不可能發現。

不過他們忽略了，屋子裡睡的兩個人當中，其中一個是變態。而變態的視力和警覺性，是不能夠預期的。就算是個重傷未癒的變態。

於是，僵住的殺手們小心翼翼的潛向目標時……甫開門就多了三具屍體。

都是一劍洞穿眉心，只在一呼一吸間，才靠近門口而已。

黝暗的屋內，白衣賽雪的佳公子，蒼白的臉色襯著清薄若紙的唇色，眉眼如畫，噙著迷醉而殘酷的冷笑，一手掩抱著病弱少女。

另一手，執著三尺霜鋒，寒若秋水。血滴若荷滴，留不住的滴落在地板，幾許嫣紅。

「來得也太慢了吧？」白衣公子淺笑，「將養了整個月，你們才摸了來？御風樓越發不長進了……還什麼天下第一殺樓？早點劈了招牌當柴燒吧。」

殺手，是不講話的。他們只用刀劍和性命說話。

白仲謀徹底侮辱了樓主，害了御風樓十大高手，御風樓從此一落千丈，連一單生意都接不到了。讓這些當慣大爺的金貴殺手們落魄到幾乎要當刀劍的地步。

叔可忍，嬸嬸也不能忍！就算沒有嬸嬸，抱不到青樓相好的怒氣也忍無可忍！

從來不講話的殺手們沸騰了，他們破壞了殺手不講話的原則，嗷嗷怪叫的衝了上來，宛如黑色的浪潮撲進這間小小的上房，無數暗器和刀劍交織成天羅地網，讓這小小的房間像是挨了機關槍掃射一般。

（對不起，跨時代了……大明朝沒有機關槍。）

白公子只是輕輕搖頭，風度翩翩的破開屋瓦而去，足下略一用力，原本就被打得搖搖欲墜、千瘡百孔的屋宇，發出巨響的垮下來，不少逃避不及的殺手就被壓在屋瓦下，只能顫抖的伸出手或腿。整個客棧都發出尖叫和驚恐的哭聲，騷動不已。

其實該回頭放把火。仲謀想。不然光是活埋也死不了幾個你說是不？打擾他和芙渠的睡眠哪有這麼簡單過了去……尤其是他正打算趁幫芙渠穿衣服的時候看能不能哄騙一、兩個吻，或者是……

太可恨了。

御風樓是吧？很好，你們全死定了。壞人姻緣如殺人父母，這殺父母的深仇大恨可不是簡單讓你們死死就算了。

他回頭瞥了一眼，離他最近的殺手被他那一眼驚得從屋頂上滾下去。殺

空手而回還可以很有創意的處罰他們……

他露出了非常美麗（並且奸險）的微笑。

若不是發燒的琳兒將頭一仰，讓月光鍍得臉孔更蒼白，他還真不想大開殺戒。死一個就少一個能折磨的寶貴人力了……

「住手！」一聲霹靂雷霆的巨吼，傳遍了亂紛紛的戰場，「盟主令在此！速止刀兵，否則就是與全武林為敵！」

數十騎鮮衣怒馬的五服少俠負旗而來，割裂了戰場。隨旗而至的是武林盟二十一分舵，護法、六使、直屬盟主的影部。

隸屬影部的鄭烈和烏鴉也在其中，烏鴉還裹著傷，慘白著臉孔卻和鄭烈並肩而行。

武林盟居然出這麼大的陣仗？難道武林盟被欺壓多年，決心清理這個武林禍害？

在場的幫派心中一凜，順勢都退開，表面嚴肅，心底可是喜翻了天。

剛發出那巨吼的就是右護法趙有窮。他長得威風凜凜，宛如天神下凡。穩穩占著天下第二高手的地位，數十年來屹立不搖。若說有能跟白公子單挑的人，恐怕就是他了。

但右護法卻從來沒跟白公子交過手，一直順服的在他手下任勞任怨（偶爾也會被欺負）。

右護法騎著一匹高大的黑馬，氣勢萬千的奔到白公子面前，滾鞍下馬，所有的人屏息靜氣，等待這世紀大對決的華麗麗開場……

右護法捧著盟主令一跪，咧了個諂媚的笑，「盟主大人，您老人家的盟主令忘在盟壇裡了。」

一陣騷動，不少人跌了個四腳朝天。

仲謀睇了他一眼，「老子不幹了。」

結果武林盟所有的人都跪了下去，連舵旗都半舉。鄭烈扶著烏鴉，硬著頭皮跪到最前，「公子，您任期未滿……」抬眼看到仲謀冰冷的眼神，忍不住打了個寒顫，心底哀怨他那倒楣透頂的籤運。

正想繼續勸服，烏鴉低啞的說，「公子，不為您自格兒，也為二小姐想想。二小姐總需要個休養的地方……」

琳兒正昏睡，仰著臉，頰上鞭痕猶清晰。

仲謀無言，看著這些跪了一地的人。常常讓他罵廢物、罵白癡，欺負了不少年的人。「找我回去幹嘛？」

烏鴉低低的回，「公子，您才是我們的盟主。」

靜默了片刻，「……那還愣著幹嘛？把馬牽過來，回盟壇了！」仲謀冷喝道，「幾天沒教訓都懶散了！」

這場腥風血雨就這樣莫名其妙的結束了。日後御風樓和萬劍山莊果然被併入武林盟直屬，說到武林盟的陣前倒戈（？），總是忿忿不平加百思不解。

但他們總沒去深想武林盟成立的宗旨。武林盟之所以成立，就是為了維護武林的和平。而他們放下身段迎回白公子……不但消除了一場浩劫，還消除了未來三、五十年的浩劫。

功德無量，功德無量。

武林盟中人都是江湖豪傑，非常的義薄雲天。就是這種犧牲奉獻的精神，才得人人景仰。

＊　＊　＊

王琳在武夷山失蹤，在王家引起軒然大波。

雖然一發現她被劫就快馬傳訊回去，但武夷山到江南實在不近，當初二夫人帶著琳兒走了大半個月，就算動用了驛馬也花了五天的時間回報。

向來低調的王大學士，破天荒動用了官府的力量，全力查緝，甚至驚動了天聽。皇上一整個震怒，王大學士雖是虛銜，甚得皇上寵信，卻從來不邀寵擅權，相反的能躲多遠躲多遠，自牧極嚴，連皇上的賞賜都敢推，每年面聖的路費都是自己出的。

連奏摺都婉轉嚴謹，儘留餘地又切中時弊，卻不指手畫腳。皇上每次看了都會嘆息，若不是他少條腿，或是朝裡多幾個王大學士，他這皇帝做起來不知道該有多輕鬆，真的可以垂拱而治。

秦太傅？那死老猴頂多幫他轄治著底下爭權奪利、內鬥內行，外務外行的笨蛋們，還能幹什麼？

結果堂堂大學士的女兒，居然在武夷山那種香火鼎盛、人來人往的庵堂裡被劫了！這打的是誰的臉?!

皇帝老大越想越氣，他在殿堂上打滾幾十年，難免陰謀論起來。想想秦太傅那死老猴在兒女婚事上碰過王大學士釘子，該不會是……？

不說皇帝老大這麼想，連查案子的刑部（是的，皇上一傢伙把個失蹤案升級到國家單位的刑部了）都這麼想。因為路途遙遠和資訊閉塞，這個失蹤案一起頭就查錯了方向。

王大學士柏隱雖然聰明智慧，卻沒有跟江湖中人打交道的經驗，更沒朝那方向追查。再說，自從琳兒失蹤以後，王家整個翻鍋了。二夫人在武夷山就尋了次自盡，回到王家又上吊了兩次。最後乾脆自己寫了休書，求王二爺休了她，又鬧著要出家。

這個時候，大夫人急怒攻心，痛罵了二夫人一頓，差點小產，又把全家給驚嚇了。誰也不知道大夫人居然又懷了孕。

家翻宅亂，若不是身體孱弱的三夫人琳琅出來主持家務，不知道王家還要亂成什麼樣子。

雖然女兒失蹤，琳琅卻氣定神閒，雖然憂慮，但比慌成一團的王家人鎮定多了。

「仙心，」琳琅喚著王大學士的字，「現在你就焦慮到病倒，讓誰去找女兒呢？」她低聲勸著，「王家人的家風不就是很冷靜嗎？王家人都不王家人了。」

「那是咱們的女兒。」仙心低頭，不管他在外面擁有怎樣的名聲和雍容氣度，兩個孩子都這麼大了，在琳琅面前，他依舊是那個有點愛撒嬌的少年，「妳的骨和我的血……是我們唯一的女兒。」說著說著，竟有些嗚咽。

「……軒轅國主不會這樣待我們的。」琳琅招招手，攬著強忍著淚的仙心，「我們只要還相愛，他就不會殘忍的對待我們。我很愛你。」

仙心點了點頭。這個皇帝倚重的虛銜大學士，名滿天下的三元及第狀元郎，卻在他妻子的懷裡，默默流下眼淚。

當然，第二天，他出現在外人面前時，態度從容淡定，一副智珠在握的樣子。連接到錢通的信，他都沒有絲毫動容……只有王琅眼角一跳，因為他瞧見父親背著的手微微顫抖。

他默默的跟在父親後面，等進了書房，他父親才露出凝重的神情。「琅兒，你妹妹似乎被捲入江湖恩仇中。」

王琅皺起眉，低頭細想，搖了搖頭，「跟師父不會有關係的……怕是誤會？」

錢通是曾是江湖豪俠，王家的男人都知道。但大夫隱居在王家將近二十年，若真有事也該衝著王家來，斷不能牽連到王琳這樣一個小女孩身上。

「大夫已經查出點眉目……」仙心凝思，將信遞給王琅，「你怎麼看？」

錢通的信很簡單，許是因為飛鴿傳書的關係，只有寥寥兩行。說劫走琳兒的應是崑崙派的門徒，跟武林盟主沒關係，他正在循線繼續追查中。

「為什麼特別挑出武林盟主來說？」王琅抬頭。

仙心沉吟片刻，他是官商，和武林豪俠根本不會有交集，更沒有能得罪的地方。但商人首重資訊，琳琅雖然不管事兒，卻特別強調要注意這部分……他不得不說，真的是「聽妻語大富貴」，因為他比其他商人更注重資訊，所以更能趨吉避兇。

王琅突然慘白著臉孔抬頭，「……武林盟主，白仲謀。」

擊，全軍覆沒，又把王琳抓走了。

但追查到長生宮又撲了個空，在大軍圍剿、強弓重弩的威脅下，長生宮差點傾覆，殘餘門徒供稱，武林盟主白仲謀殺了宮主，和王琳在修水雙雙墜河。

線索到了這裡就斷了。查得非常煩躁和暴怒的刑部，帶著皇上特准的軍隊只在武林盟三十里外……卻發生了戲劇化的轉折。

武林盟主白仲謀與王家二小姐王琳，同馬共轡，緩步出現在大軍之前。

刑部侍書郎的下巴快掉到地上去了。官家小姐禮防甚嚴，堂堂皇皇的共騎，這個、這個王大學士的面子，王二小姐的閨譽……

原本他希望，這不是真的王二小姐，就算是也先別承認，趕緊做點手腳遮掩啊……但王家隨軍的老僕，一看到二小姐就撲上去哭喊了，連遮掩都來不及……

這、這……這人拿是不拿呢？

但白衣公子風度翩翩的微微一笑，宛如春陽和煦，燦人眩目，「王大學士已經收到信了麼？大人是來護送琳兒回去？白某在此致謝。」

刑部侍書郎幾時見過如此英武非凡又溫雅無儔的佳公子，竟是訥訥不得言。讓他三、五句唬爛，更覺可親可敬，於是白公子從「嫌疑犯」立刻轉職成「救命恩人」，非常樂意護送他們倆回江南王府，甚至請王二小姐上馬車都覺得有些不好意思，像是懷疑了這位義薄雲天的俊朗少俠，那陽春白雪般的高潔品格。

當然，我們都知道，不是那麼回事。跟品格根本搭不上邊的白公子，看著王琳輕笑著上馬車，真是懷抱空虛、心如刀割，不知道在心底虐殺侍書郎多少次，只是臉皮還保持著溫雅平靜。

雖然是魔頭，好歹他也知道小不忍則亂大謀。芙渠失蹤這麼久，她那老師搞不好把事情都捅出來了……就算沒捅出來，王家父子又不是吃素的……

最少擺在武林盟那封表面謙和、內裡嚴厲至極的信，讓他完全不懷疑，不得不說，白公子若是願意，真可以裝出十二萬分之如沐春風、溫文儒雅。他不是粗魯武夫，真叫他去考科舉，想來也輕鬆如意，只是懶罷了。兼之武藝精湛，俠名遠播，真把侍書郎和林將軍迷得頭暈腦漲，別說燒黃紙拜把子，可以的話都想嫁給他了。

隨侍在側的烏鴉和鄭烈眼觀鼻、鼻觀心，只是微不可察的用腳尖在地上「筆談」。

「無恥。」鄭烈潦草的寫著，旋即抹去。

「非常。」烏鴉非常贊同。

雖然沒看到他們寫些什麼，笑語嫣然的白公子回眼冷冷一刺。這兩個已經學得精乖的貼身侍衛，非常警覺的往琳兒的馬車一靠。

白公子微怒，卻看到車帘微動，琳兒笑著看他，畫了畫臉頰羞他，怒氣立刻扔到爪哇國去，只是攤了攤手。

他也不想和這些笨蛋虛與委蛇……但為了爭取岳父的攻破率，不得不拉上這些笨蛋當盟友。

官宦之家就是麻煩。但想堂堂正正的娶芙渠，再麻煩也不算麻煩。

在咱們白大盟主口蜜腹劍，每日在心底虐殺侍書郎和林將軍的心口不一，和貼身侍衛的腸胃備受考驗中（被白大盟主的虛偽給噁心的），一路平安的返抵江南王大學士府。

說來也妙，白盟主寄到王府報平安的書信，居然和侍書郎通知王大學士的書信同時抵達。不知道武林盟的信差到哪逛街，逛到現在才送到。

事實上，不能怪信差。咱們白盟主既不想讓未來岳父抓到小辮子，又捨不得和芙渠合法合理的耳廝鬢磨──還有比照顧病人更合法合理的藉口嗎？苦命的信差只好早早的抵達，卻只能等著盟裡傳來飛鴿，才能把文情並茂、厚實無比的信件往王家送。

時值初秋，西風起兮，落葉飄捲。明明是大學士府，卻在血紅殘陽中硬生生冒出沖天殺氣。

風瀟瀟兮易水寒。

王家三兄弟殺氣騰騰的站在門口「迎接」，王琅也隨著父親、伯伯們立在一旁。所有的目光，都集中在白公子身上，其兇狠毒辣，連見慣了屍山血海、狂濤巨浪，泰山崩於前不改其色的白盟主，都忍不住動容了。

這一仗，不好打。他心底升起了極度的警戒。

琳兒下了馬車，原本兇惡狠毒的目光，立刻如春雪乍融，一整個和藹可親、關懷備至起來，原本矜持著大人架子的王琅，更是完全失態，管什麼七歲同不同席的鳥規矩，一把抱住王琳，男兒淚都飆了出來，引得琳兒哭個不停，緊緊抱住哥哥。

仙心抱住這兩個孩子，眼眶也紅了。大伯、二伯在一旁說著，「回來就好、回來就好……」聲音也有些哽咽。

極力忍耐的白公子，默想著家人團圓難免情不自禁……待王琅冷漠又囂張的刺了他一眼，他的怒氣轟的一聲沸騰起來。

這個大舅子……明明是故意的！有哪一種意外看起來自然又巧合，誰也看不出馬腳呢？……

若不是琳兒抬頭嗚咽的說，「爹、哥哥，大伯、二伯……若不是白哥哥救我……我就再也回不來了……」說不定白公子真會把「刺殺大舅子」的計畫列入特急件中。

令人意外的，王家的爺兒們，居然分外客氣的謝過了白盟主，殷勤的將他和侍書郎、林將軍請進去，禮數周到、態度誠懇，挑不出半點錯來。

仲謀心底警鐘大作。危險危險太危險！王家爺們果然不是易相與之輩！若是他們態度冷淡，流露出絲毫敵意，不免激動了芙渠憐弱的天性，將來談崩了，芙渠跟他私奔就是板上釘釘的事情……

沒想到這些讀書經商的人家，城府深沉若此！

果不其然，琳兒讓婆子丫頭帶回內宅見她母親，這些爺兒們臉上依舊掛著無懈可擊的笑容，每每要談到求親的事，就能讓他們兜著轉著，撇開了話

結果。

這更不是他要的。

「那我入贅好了。」他疊起玉樣手指，氣定神閒的說。

所有的人用種看瘋子的眼光，看著他。

大明朝的贅婿地位非常非常的低，低到連奴僕都看不起。抽丁、繇役，贅婿都跑不掉，更被人看成吃軟飯的窩囊廢。

這個武林盟主，赫赫有名的無情公子，第一高手，居然像是得了失心瘋，主動說要當贅婿?!

還沒徹底消化這個瘋狂的主意，他又扔了枚砲彈，「反正我已經把自己賣給琳兒了。她手上有我的賣身契。」

王琅的墨眉可怕的皺起來，「你到底有什麼目的？」

仲謀沒有正面回他，只是淡淡的說，「我名下莊園和鋪子，折現約有四萬兩銀子，現銀也差不多這個數，古董字畫尚未估算。這些，都可入王家名下，只是鋪子收益我須分一半……總不能苦了琳兒。

王家產業每年花在打通官宦關節的實在有限，反而耗更多買通武林黑道和鏢局上。俠以武犯禁，是個隱患。但我若入贅王家，這部分可以完全省下來。我敢擔保百年之內，絕無武林宵小敢略窺王家。」

他眼神平靜，「我所求的，只是和琳兒相伴左右。」

王家大伯很憤慨，「你當我王家是賣兒女求平安的？雖然你是武林第一高手，我王家也不懼你！……」

就在場面再次沸騰的時候，琳琅的丫頭悄悄的走過來，低聲對仙心說了幾句，他皺緊了眉，無聲的嘆口氣。

「大哥。」仙心開口制止漲紅了臉的王家大伯，他忿忿的瞪了公子一眼，沒再吭聲。

「這事，還得問過琳兒和她母親的意思。」仙心緩緩的開口。

「爹！」王琅急喊了一聲。

仲謀卻沒再爭，微笑的站起來，風度翩翩的行了禮，隨著管家安歇去了。

「爹，這事情不能拖！」王琅追著仙心說。

「妳娘發話了。」仙心卻發悶了，「妳娘號稱民主，事實上是把咱們三個人民放在鍋子裡煮。」

「爹，你也不要這麼懼內！」王琅有些怒了。

「什麼懼內？」仙心變色了，「這叫尊重！小孩子懂什麼……等你有娘子的時候才會知道啦……你再大點聲沒關係，仔細你的耳朵！三年沒你娘揪耳朵，上房揭瓦了是不是？」

「……爹，你也只會淨說我。」王琅撇嘴，「我怕的還是揪耳朵……娘一紅眼眶，你就……」

「閉嘴！」

*　*　*

雖然說，早就有了相當的心理準備，但面對琳兒的娘，白公子心底的警戒程度卻更勝王家爺兒們。

王大學士和王三夫人都不是姿色過人之輩，但王大學士氣質出眾，號稱謫仙墨餘君，昨日一見，果然如此，甚至可以說，更勝於傳言。溫潤謙謙，如玉如月，即使是那麼憤怒，這個年過三十的狀元郎，依舊保有一種少年的水樣清澈，瀟灑如風。

雖然不願意承認，但他那個大舅子也是風流人物，容顏清秀不扎眼，卻隱隱的透出上位者的氣息……年紀不過十五初，就有這樣大的氣勢，將來絕對不是池中物。

連王家大爺、二爺，不過是兩個商人，各有各的風采。既有中年人的沉穩，又富美容顏，全無銅臭味兒，只是一派精明幹練。

而這樣大的家業，三兄弟居然和睦相親，沒有一絲豪富大戶的鉤心鬥角，一致對外，讓他應付起來非常吃力。

然而這些扎手的爺兒們，卻因為琳兒的娘一句傳話，就停止攻勢，讓他對這位神祕的三夫人警惕異常。

芙渠和他聊天的時候，常有匪夷所思的奇妙言論，卻都是出自她那個身體不好的娘。往往言語精簡卻發人深省，詼諧風趣，卻隱含深刻哲理。他派人調查過背景，王三夫人自幼就長於深閨，出嫁後就在王家。

一介長於深閨、歸於深宅大院的婦人，卻有如此恢弘見識，精闢入裡，不是王府當家，卻深得兄嫂敬重，夫婿寵愛，還教養出這樣一對出色的兒女，絕對不是尋常人物。

面對這位看起來臉色蒼白，面薄身弱的三夫人時，他格外小心翼翼和恭謹。

琳琅憂鬱的看著面前這位佳公子，輕嘆了一聲，「怎麼是個花美男啊？」

「花美南」是什麼？白公子心底大疑，悄悄記下，晚點去問琳兒好了。

「那個，你叫白仲謀是吧？」琳琅問，「坐坐，不要站著。銀心，去泡杯玫瑰花茶來……兩杯好了，我也要喝。」

仲謀微笑著坐下，臉孔掠過一絲古怪，微微抬起臀部。坐墊厚實綿軟，幾乎要整個陷下，不知道是否有機關陷阱……味道是種些微刺鼻的香味，他連忙運功，卻發現內息歡快，身心極為舒暢。

「坐不慣是吧？」琳琅有些歉意，「我家小正太……我是說，我家老爺剛開始也坐不慣。我想你們吃苦耐勞，都不怕磕得屁股疼……但我受不了。裡頭放的香草配方，還是琳兒親手配的呢。」她露出母親的驕傲。

他被夫人質樸到有點粗魯的言語震了一下，好一會兒說，「琳兒蕙質蘭心，是夫人教導有方。」他這才放心的坐下來，像是坐在雲端，頗為舒適。

這玩意兒倒要問問芙渠怎麼做，將來在新房也能擺上，舒服得很……

「我若教導有方，琳兒就不會小小年紀就戀愛了。」她一臉哀怨，「才十五歲的娃娃……古人，我是說你們這些大明朝的男人，怎麼個個都是蘿莉控？真令人髮指！」

……「蘿莉控」又是什麼？饒是白公子聰明智慧，再三琢磨還是不得其解。

越閒話家常，仲謀越悚然以驚。王三夫人雖然言語直魯若村婦，既不咬文嚼字，也不掉什麼書袋，但妙語如珠，讓人如沐春風，時時招笑，可也許多話是聽不懂的。

但仔細琢磨，又覺得有大智慧、大覺悟，讓這個恃才傲物、驚世絕豔的白公子佩服得五體投地。

事實上呢，我們都知道，這完全是誤解。王三夫人琳琅，根本是從二十一世紀因為池魚之殃被捲到大明朝借屍還魂的穿越女，詳情看看《蠻姑兒》就了解了。但是白公子當然沒看過《蠻姑兒》，所以被很愛擺龍門陣、高談闊論的琳琅小姐呼嚨得一愣一愣。

這可不，現在白公子被琳琅用金庸唬得死死的，正在仔細琢磨六脈神劍的可行性，甚至暗暗想著陪芙渠天涯行醫的時候，順道打聽段家到底是哪個不世出的武林世家……

只因琳琅一席語，天下武林就遭了個小殃。當中最倒楣的是少林寺和武當山，少林寺實在生不出九陽真經，武當山的太極劍法也真的沒有那麼神奇。

當然，照慣例，這也是後話。

只當年三元及第狀元郎都讓琳琅呼嚨的找不到北，常常有笑斷腸子的危險；今天驚世絕豔的白盟主被唬爛得不分東西，也不算太虧。只能說面對一個太會畫虎畫蘭的穿越女，算不得冤。

他暗暗的想，丈母娘搞不好是哪個絕頂高手，只是為了和琳兒的爹才嫁為人婦。當中說不定還有什麼曲折離奇，不為外人道的隱密……

這個面白身弱的丈母娘在仲謀眼中瞬間高大了起來。

所以，琳琅埋怨他不該誘拐小女孩時，他發自內心的恭謹，不像對岳父和大舅子那樣只做表面工夫。

只是請你明白，我們並不是大明朝普遍的家庭，沒那種禮教凌駕於親情的白癡想法。你若要變心、要討小，請讓琳兒歸家。若你們之間有孩子，請把孩子一起送回來，你擁有探視權，什麼時候要來看都可以，我們也會待你如親人。

和離不是誰的錯，只是沒有緣分而已。」她將一冊厚厚的合同遞給仲謀，「我建議你仔細閱讀，如果你有什麼問題，我們可以好好討論一下。」

遇到這個高人等級的丈母娘，仲謀原本天干地支可以輪一回的計謀全體失靈了。說她刁難……她卻合情合理。

但誰見過成親還打合同的啊？這份「婚前合同」洋洋灑灑數百條，從婚前財產分割，婚後財產歸屬，子女教養費用如何分擔，婚後應盡義務和責任，以及達成和離條件，和離後子女的撫養權、探視權……鉅細靡遺，嘆為觀止。

他對這位高深莫測、博學廣聞又條理分明的丈母娘，更加深了幾分敬畏和不解。

殊不知，丈母娘從女兒兩、三歲展露天然聖母笑之後就開始憂慮，費盡苦心、絞盡腦汁的開始編寫這份「婚前合同」。尤其是前幾年李芍臣自休離家，她更是悚然以驚，天天抱著「大明律」不放，把「婚前合同」羅列地更完善。

她很明白，自己是運氣好到爆炸，才會遇到小正太兼大將軍的仙心，不然她這樣一個二十一世紀來的人，早被大明朝的禮教碾過去……就像孤傲的女醫生李芍臣。不管怎麼樣，她都無法把自己的女兒教養成大明朝的標準淑女，她能做的，只是在擇婿上把關。

比起仙心和王琅，她對仲謀沒什麼抵觸情結。一來她贊成婚姻自主，二來這個武林盟主並不受死板的禮教束縛。再說，一個狠到把自己的一生賣到女兒手底，甚至布下艱險的局好救女兒性命的男人……恐怕再也沒有比他更好的人選。

最重要的是，琳兒愛他。

她安靜的等白盟主看完合同，花了大約一個時辰的時間。這個俊雅又英氣煥發的白公子，伸手拿起筆，毫不猶豫的簽下自己的名字，按了手印。

琳琅的心底，百感交集。她粉嫩的小女兒，就要交到別人的手裡……不管再怎麼不放心。

但這樣一個狠人，跟她心愛的小正太差不多的狠人，說不定能多幾分把握吧？

「恭喜你……也恭喜我。」她流下眼淚。

仲謀非常嚴肅而恭敬的跪下，朝她磕了三個頭，非常響亮的。

* * *

不得不說，王家的「民主」非常先進而有效率，除了王琅一票棄權外，王琳的婚事全體通過。

雖然通過得有點咬牙切齒，但大抵上氣氛還是和平的……不要計較王琅扔了一塊磚在白公子腦袋上的話。

不過這個好消息讓白公子心情非常舒暢，難得的寬恕了大舅子的手滑，也沒在內心規劃任何邪惡的「意外」。

至於他們的婚事，在武林盟和王家的通力合作下，快馬加鞭的籌辦起來。

琳琅力排眾議，沒讓白公子入贅，但是在王家父子的堅持下，非常違反禮俗的將新房安排在王家，鬧了一個非常的不倫不類。

但連皇上都把賀禮送到王家，還沒成親就先封琳兒一個「淑女」，誰也不敢批評王家敗壞禮俗。

所以成親那天，花轎從三房的院子出發，到大房的院子迎新娘，又回到三房的迎雲閣（新房），雖然短短半里路，還是鑼鼓喧天、熱鬧非凡。

等到喝喜酒，白盟主才領教到王家父子的陰險和記恨。

雖然江湖豪傑都善飲酒，但這大日子，岳父、大舅子敬酒，家奴女婿能說不喝嗎？當然不能，更不能倩代。白公子雖然身負高深內力，但王家三兄弟同舟共濟、其利斷金，加上一個拍過他板磚的大舅子，一番車輪戰後，他也頗感吃不消，運功消酒都來不及了。

王家人果然沒個是簡單人物！他心底不禁暗驚。卻不知道王家人喝的貌似美酒，事實上卻是錢通大夫精心調製的「似酒茶」，頂多輪班跑跑廁所，可一點醉意也不會有。

這樣下去不行。他生平最重要的洞房花燭夜恐怕就完蛋了。

正打算翻臉，他那狀元郎岳父，卻對他展露了最大殺器：無比燦爛輝煌終極絕殺聖母笑！

不說已經喝得東倒西歪的武林盟諸豪都中招，連心理素質堅強到變態的白盟主也愣住，不知不覺讓岳父大人把酒給勸了下去……

果然是父女。他驚悚的感嘆。王家人真是太可怕了太可怕……

幸好他的岳父大人身體不佳，熬不得夜，這才讓只剩一絲清醒的白盟主逃出生天，微微踉蹌的走回新房。

經過了沒有硝煙卻更形慘烈的諸多戰役，終於抱得芙渠歸了……他有些愴然的想。早知道就直接帶著芙渠逃得遠遠的，也好過跟王家人對壘……他們家個個都是狠角色，讓他這個江湖呼風喚雨的第一高手吃盡苦頭啊吃盡苦頭……

挑起紅蓋帕，琳兒小小的臉蛋襯著珠冠紅燭，柔軟明淨，隱隱生輝，緩緩的綻放宛如芙蓉的甜美微笑，直接奪走了他的呼吸。

宛如水墨畫的人生，因為這個小小的人兒，才有了明豔的色彩。

伸手扶著她嬌嫩的臉，緩緩的低下頭……大門粗魯的砰的大開，王琅憤怒的吼，「鬧洞房的來了！」

泡了太多酒精的腦筋比較脆，啪的一聲斷了。在腦海裡謀殺上千次的大舅子，他決定要付諸實現。雖然他喝了太多酒，內力提不上來，但並不妨礙他一拳打中大舅子的鼻子，讓他出點鼻血。

成黑黃的瘀青外，倒也風度翩翩，和藹可親。

隨著白公子出遠門的鄭烈默然。別以為離得遠又是生父家就有什麼優勢……想得美。也不想想魔頭的記憶超群、鉅細靡遺。難道他會忘記萬劍山莊也跟著去圍剿他的舊事？太天真啊太天真。

相信我，這是順序問題，誰也跑不掉。還是殺手識時務，一聽說萬劍山莊降了，還沒去打御風樓，他們就自己跑去找右護法也跟著降了。

比起公子，嚴刑峻法的右護法簡直是大慈大悲觀世音菩薩。白癡才去等公子打。一想到這，瞥見和盟主揪頭髮抓領子正在地上滾的王琅公子，他那個敬意，真是滔滔不絕滾滾長江黃河之水天上來……

王家人真是人中龍鳳。不說他們小主母那麼溫柔嬌弱，卻讓魔頭化為繞指柔，終歸是愛嘛，沒得說。咋這舅老爺也這麼剽悍，剽悍到能跟公子天天打架還活蹦亂跳呢？

要知道，公子喃喃自語的時候，可是設計無數種謀殺大舅子的毒計啊……可設計歸設計，記恨歸記恨，打架的時候公子還真沒動用過真氣，純粹拳腳功夫……只是越打就越上火，不知道這個舅老爺去哪兒學的，隱隱克制公子的小擒拿手……

他心底暗暗盤算，是不是要跟舅老爺搞好關係，跟他學個一招半招，最少也能撐公子那麼一時半刻。

「我教你。」烏鴉跟他蹲在一塊兒，拿個樹枝寫了。

「小舅爺教你了？」鄭烈精神為之一振。

「那是。」烏鴉咧嘴無聲一笑。

「撐多久？幾招？」鄭烈追問。

「……半招。」烏鴉噎了一下，「半招很強了！」

無言片刻，鄭烈低頭畫著地，「……教我吧。」

他們對小舅老爺的景仰更深了幾層。要知道被公子記恨到這種程度還活著的人，他可是海外孤本，全天下的唯一一個……公子還不敢真的下重手。

光光這點，就足以讓他們佩服得五體投地，頂禮膜拜了。

「夫人的院子門開了！」小廝奔過來通風報信，原本在地上滾的兩位公子，立刻彈跳開來，忙著整衣撢塵，飛快的束髮，互相惡狠狠的瞪了一眼，才各自走開。鄭烈和烏鴉趕緊跟上去……雖然他們一致認為這是掩耳盜鈴。

看著越來越居家，魔頭本色被磨成這樣的盟主大人……他們還是有些憂心，畢竟他們離開王家的日子快要到了。

在王琳十六歲那年，終於拜別了父母兄長，隨著仲謀離開了王家。

踏出王府大門的那一刻，白公子真是百感交集。

這一年來，鬥智（和岳父）鬥勇（和大舅子……），敬聆丈母娘的教誨（偶爾要被揪耳朵），與芙渠甜蜜蜜的新婚生活（放心，他真的吃到了），是他二十幾年來的人生中，最特別的一段時光。

說不出的千般滋味，只能化成手底破空的一鞭，驅車趕馬，駛離了王府。

只是他要很久以後才發現，他這樣冷淡無情的人，連父子兄弟都無親，王家這群讓他頭痛不已的姻親，卻在他心底留下了痕跡，但不只是因為芙渠的關係。

五年一度武林盟主擂台，是江湖一大盛事。

白公子攜夫人出現的時候，引起一陣嘩然。許多人以為「紅粉消磨英雄骨」，白仲謀當了大學士的女婿，不會再出現了。

他看起來也完全不同。雖然光采依舊，卻不再鋒芒畢露，反而有種曖曖內含光的內斂和溫潤。宛如春風所化佳公子，淺笑低眉，少了許多鋒芒和凌厲。

這讓許多問鼎者多了些把握和希望，讓擂台更熱火朝天，氣氛熱烈得幾乎要燃燒起來。

但很快的，參賽者就了解了，何謂「江山易改，本性難移。」

像是要把這一年的壓抑和鬱悶一口氣發洩出來，他臉上淺笑，嘴裡卻輕聲說，「王琅，受死吧！」然後他所有倒楣到姥姥家的對手，只要他如白玉般的手指拂過，所有的關節都發出咖啦啦的聲音卸得很乾淨，就像他在想像中如何對付大舅子一般。

若不是王琳在場邊看著，恐怕真的要鬧出人命了。

直到有個可憐的傢伙高呼，「我不是他媽的王琅啊～」一面飛出擂台，琳兒才知道他為啥那麼亢奮。

「白哥哥，你幹嘛老跟哥哥過不去？」琳兒瞪了他一眼。

「哪有。」他氣定神閒的撢了撢事實上不存在的塵。

「哄我呢，你就哄吧。」琳兒對他皺了皺鼻子。

他笑而不答，緩步下擂台握著她溫軟的小手。

終於，這隻小手和整個人，都是屬於他的了。他慨然，真是不容易。但又覺得……一切都很值得。就算再戳幾次胸膛，也很值得。

……不過王家人就算了。

想想這一年的經歷，咱們這位又魔頭又邪惡的武林盟主（蟬聯第三任）、無情公子玉面閻羅，也忍不住打了個冷顫。

千萬不要再來一次了。

（芙渠全文完）

作者的話

其實《芙渠》就是《鸞姑兒》的衍生文，本來是沒打算出版的。

因為我就算撐死了，這部就是沒打算寫長……六萬多字的番外篇實在太誇張了。但要當成一本，又太薄，但我自家想了很久，卻沒辦法塞些什麼東西進去……或者說，我頂多就「觀看」到這裡而已，再多的情節我就「看不到」了。

事實上，我的確會害怕了。

之所以說會害怕，就是發現故事斷尾比沒發還可怕多了。

以後我應該會更小心一點，沒打算寫完的就不發了，不然讀者的怨念那麼深，我覺得太可怕了。

當初《芙渠》就只打算寫個番外篇，沒想到越來越長。後來我仔細思量，發現我自己預計寫的結尾會著重在王家人和白盟主的鬥智，琳兒會被神隱起來。我煩惱了一陣子，乾脆擱筆寫別的，但也一直沒有琢磨出更好的寫法。

原本這個月我是沒打算寫任何東西，因為奔馳了半年，我真的已經累到不能再累，非常需要這個暑假，所以我癱下來，想到才磨一下《冥府狩獵者》，也寫得很散漫。

畢竟，這半年我都不敢算我寫了幾部，加上數篇殘稿，真的有毛骨悚然的感覺。我對讀者的不滿也無能為力，可我真的有徹底乾涸的痛苦。

但部落格一片哀鴻遍野，我才發現我實在修為不夠，不能夠漠然視之。仔細想了想，管他的，就寫吧。原本想怎麼寫就怎麼寫，別人怎麼看我也管不了，總之我的能力就這樣了。老闆是早早就定了這部，我只管寫，最後過不過稿也不是我的問題了。

只是以後我會更謹慎，不再隨便亂發了。

我想徹底休息這個暑假，好好的放空自己的腦子……希望。

我有種嚴重腦袋受傷的感覺。

蝴蝶 2010/7/20

國家圖書館出版品預行編目資料

芙渠 / 蝴 蝶 著. -- 初版.
-- 新北市 : 雅書堂文化, 2010.11
面； 公分. -- (蝴蝶館 ; 44)
ISBN 978-986-6277-51-1(平裝)

857.7 99018917

蝴蝶館 44

芙渠

作　　者／蝴　蝶
發 行 人／詹慶和
總 編 輯／蔡麗玲
執行編輯／蔡毓玲
編　　輯／林昱彤・詹凱雲・劉蕙寧・黃璟安・陳姿伶
封面設計／林佩樺
美術編輯／陳麗娜・李盈儀・周盈汝

出版者／雅書堂文化事業有限公司
郵政劃撥帳號／18225950
戶名／雅書堂文化事業有限公司
地址／新北市板橋區板新路206號3樓
電子信箱／elegant.books@msa.hinet.net
電話／(02)8952-4078
傳真／(02)8952-4084

2010年11月初版一刷　2014年01月初版十一刷　定價200元

總經銷／朝日文化事業有限公司
進退貨地址／新北市中和區橋安街15巷1號7樓
電話／（02）2249-7714　傳真／（02）2249-8715
星馬地區總代理：諾文文化事業私人有限公司
新加坡／Novum Organum Publishing House (Pte) Ltd.
20 Old Toh Tuck Road, Singapore 597655.
TEL：65-6462-6141　FAX：65-6469-4043
馬來西亞／Novum Organum Publishing House (M) Sdn. Bhd.
No. 8, Jalan 7/118B, Desa Tun Razak, 56000 Kuala Lumpur, Malaysia
TEL：603-9179-6333　FAX：603-9179-6060

蝴蝶
Seba

蝴蝶
Seba